僕の種がない

JN073841

「一太(いちた)さん、お子さん、いらっしゃらないですよね？」

勝吾(しょうご)が聞いた。

「はい。いないですけど」

「もしよろしければ教えていただきたいんですけど、作らなかったんですか？　それとも作ろうとしてたんですか？」

その質問を投げた時に、弟の三佑(さんすけ)が割って入る。

「それ答えなきゃダメですか？」

「はい。出来れば」

「なんでそれに答えなきゃダメなんですか？」

三佑の顔の険しさが、一太に子供がいない理由の一つを物語っている気がした。

勝吾は一太に提案した。

「僕が提案することに色々な問題があるのは分かってます。

でも、一太さん。ここからなんとか子供を作りませんか？

奥さんと。もしこれまでお子さんを作ろうと思っても出来なかったなら、不妊治療に挑んでみませんか？　最後まで。どんな力を使ってでも」

一太は、このまま癌が進行し亡くなるまでの、ただのドキュメンタリーを作りたいのではなく、芸人としての生き様を残したくて自分にオファーをしてきた。だからこそ、癌で余命宣告された一太に子供を作ろうという提案をした。

この提案が一太の中での「おもしろい」を超えて、苛立ち、呆れ、その場で立ち上がって怒り出すというシミュレーションもしていた。

勝吾の提案を聞くと、一太の鋭い視線が勝吾を刺した。そしてニヤッと笑った。

「やっぱり、おもしろいこと言いますね。さすがっす」

僕の種がない

鈴木おさむ

幻冬舎文庫

第一章

Dスピリッツ。赤坂のテレビ局からの仕事を受けやすいようにと、局から歩いて五分ほどのところにある制作会社。一階に和菓子屋が入ったビルの三階から六階を借りていて、社員は二十五人、契約しているスタッフは三十人以上いる。制作会社としては中規模レベル。

「そこをひとつよろしくですよ」

社長の西山慶一は六階の奥にある社長室で、声に笑いを混ぜ、顔は笑わずに電話の応対をしている。ご機嫌な言葉を発して電話を切るが、心の中ではよろしくなんて思ってもいない。

西山が社長を務める会社、DスピリッツのDとはドキュメンタリーのDだ。元々西山と一緒にこの会社を立ち上げた男、星野良三と決めた名前だ。二人は前に所属していた会社で知り合い、西山はプロデューサーとして、星野はディレクターとしてドキュメンタリー番組を作り出していった。星野は小柄で色白、メガネをかけていて、ずっと勉強に励んできたように見える。一方、西山は大柄で学生時代に柔道をやっていた。二人のどちらかに喧嘩を売らなきゃいけないとしたら、百人中百人が星野を選ぶだろうが、その外見を裏切る拳の強さと、好き嫌いの激しさ、許せる許せないの強烈な線引きがあった。つまり彼は、若い頃から頑なな哲学の持ち主だった。

　ドキュメンタリーディレクターとして撮りたいものを撮り続ける星野にとって、西山は必要な存在だった。テレビ番組の中でも特にドキュメンタリー番組はトラブルと隣あわせで作っている。星野が撮影を行うと、必ず問題が飛び火する。それを火消しして処理していくのが西山の役目。柔道で鍛えたその体を何度も折り曲げて謝ってきた。

　所属していた会社との方向性の違いから、星野と西山は一緒に会社を辞めて新会社を立ち上げた。社会を変えていくような骨のあるドキュメンタリー番組を作り出そうという強い意識のもと、Dスピリッツを立ち上げたのは一九八五年。その後日本はバブルまっしぐら。Dスピリッツを作ってから星野と一緒に作ったドキュメンタリーは、いくつもの賞を受賞した。中でも特にテレビ界で話題になった作品が一つあった。その作品のタイトルは「父さんは人を殺したことがある」。

　この作品は絶賛され、国内だけでなく海外でも賞を取った。星野はDスピリッツを立ち上げてから、前の会社だったら上司のストップがかかって作れなかったであろう作品のテーマを探した。星野がずっと取り組みたかったテーマの一つに「人を殺めて今、幸せに暮らしている人」があったのだ。新聞を開けば一日最低一本は人が人を殺めた事件の記事が載っている。ということは、世の中には、過去に人を殺めたけれど、普通に生活している人が沢山いるわけで、その人たちの中には人を殺めたのに、今、幸せを手にして暮らしている人もいるはずだと星野は思っていた。知り合いの記者やディレクターなどに会う度に、その題材に近い人物がいないかリサーチを頼んでいた。そして情報が入ってきた。過去に人を殺めたのに幸せな暮らしをしていると思われる人物の情報が。

関東のとある場所でクリーニング屋を営む五十代の男性マサトには、妻と一人の息子がいる。息子はすでに成人し、都内の大学に通っていた。マサトは子供には言えていない過去があった。それはマサトが二十二歳の頃に殺人を犯したという事実。

マサトが人を殺めた理由。それは当時交際していた女性に、マサトの親友の男性が酔って強姦まがいのことをしたからだった。その現場を目撃したマサトは親友を刺殺してしまったのだ。まさか死ぬとは思っていなかった。いや、まさか自分が人を殺すとは思っていなかった。衝動的な行動だったが、衝動だろうがなんだろうが、人を殺めたという事実は残る。

星野は西山と一緒にマサトが経営するクリーニング屋に出向き、お客さんや一緒に働く奥さんがいない隙を見つけて店に入った。

「マサトさん。あなたを題材にしたドキュメンタリー作品を作りたいんです」

その言葉から、実際にマサトが取材許可を出す日まで一年半かかった。マサトの妻、ナミエは彼の過去を知っていた。彼女は、「そんな番組を撮って何の得があるんですか？　やめてください」と強く拒否した。当然だ。

星野は一年半かけて、マサトとナミエを口説いた。

どんな理由であれ、人を殺め、一つの命がこの地上から消えていったことは事実。

犯した罪に蓋(ふた)をして生きていたとしても、それを息子が知ってしまう日が来るかもしれない。それに怯(おび)えながら一生を送るより、それを息子さんに自ら告白し、自分の罪を背負って生きていくという覚悟を伝えることが大切なんじゃないか？　もちろんそのことで失うものもあるかもしれない。かもしれないが、その前に人の命を奪っている。

自分が殺人者であることを隠して手に入れている幸せは、幸せのように見えて本当の幸せではない。それを息子に、世に告白した時に、今の幸せは削ぎ落とされるだろう。だが、そこから芽生えた幸せこそが、絶対に誰にも奪われることのない幸せなのだ。

そんな思いを、星野は日々、言葉を変えて形を変えて伝えた。日によってはマサトもナミエも憤慨し、近くにあった物を投げつけられたこともあった。星野が踏み込みすぎた時には、西山がマサトとナミエの気持ちをゆっくりとマッサージするかのようになだめていく。その繰り返し。そしてついに、星野の「正義」はマサトとナミエの首を縦に振らせることに成功した。

ただし条件があった。マサトの顔にはモザイクはかけないが、ナミエと息子の顔にはモザイクをかける。名前、店名は仮名で場所は言わない。そして、撮影後、息子が拒んだら放送はしない。

結果、この条件すべてをクリアして作品は完成し、放送することが出来た。それが「父さんは人を殺したことがある」である。


クリーニング業を営むマサトが、客から預かった白いシャツの胸元に滲む染みをなんとか消そうとしているところに、俳優のナレーションが入る。

「僕の父さんは人を殺したことがある。僕は父さんの口からその事実を聞くことになった」

番組中盤。居間でマサトが息子に過去を告白する。ただ淡々と、そして最後に息子の目を見てマサトはこう言った。

「申し訳ない」

それを聞いた息子は何を言うことも出来ず、消化することも出来ず、居間を去っていく。

それ以降、マサトと言葉を交わすこともなかった息子だったが、ある朝、マサトの目を見て呟いた。告白から一ヶ月がたっていた。

「おはよう」

マサトが息子に過去を告白するまでは、息子の口から毎日聞いていた言葉。当たり前の言葉。だが殺人者であることを告白した日から、息子との当たり前が当たり前じゃなくなった。

番組は、その「おはよう」というたった一言が戻ったところで終わりを迎えていく。削ぎ落とされた幸せのあとに、本当の幸せの芽が少しだけ顔を出したかのようなところで。

撮影後、息子は放送を拒むことはなかった。交渉は星野ではなく西山が行った。正確に言うと許可してもらったわけではない。ただ「放送しないでほしい」という言葉は出なかったので、それを「許可」に都合よく変換した。

番組が放送されると、深夜帯だったにもかかわらず大きな話題となり、それを制作したDスピリッツとディレクターの星野、プロデューサーの西山の名前はドキュメンタリー界とテレビ界に轟いていった。

番組の制作依頼も一気に増え、ドキュメンタリーを作りたいと志す若き志士たちも続々と集まってきた。が、ドキュメンタリーの制作本数が増えれば現場でのトラブルも増える。西山が菓子折りを持って謝りに行く回数も血圧と共に上昇し、時には殴られ、前歯が欠けたこともあった。制作会社としての売り上げが上がり、血圧も上がり、胃潰瘍は悪化し、髪の毛は減った。

西山には学生時代に結婚した妻、洋子がいた。洋子はそんな西山を見て、何度も口にした。

「もっと楽に番組作れないの？」

売り上げが上がったとは言え、ドキュメンタリー番組は労多くして実入りが少ない。メリットは何かと妻に問われる度に西山は答えた。

「いい作品が出来た時の恍惚感かな」

洋子にはまったく響かなかった。

星野は局に依頼されたものを作るのではなく、自分のアイデアからしか作品を生まなかった。いつも刺激的なテーマで挑戦的でもある星野のドキュメンタリーを見て、ある批評家は書いた。

「彼の作品は誰かを強く傷つける。それはドキュメンタリーという名の正義なのか？」

星野は否定しなかったし、部下によくこう言っていた。

「いいものを作る時には、誰かを傷つけることもある」

そんな星野は、Ｄスピリッツを立ち上げてから十五年でこの世を去った。

肝炎が理由だった。星野という偉大なるキャプテンを失ってから、この会社の未来を冷静に判断して抜けていく者が増えていった。

経営者として西山はこのまま会社を続けるべきか、ジャッジを迫られていた時だった。知り合いの局のプロデューサーから救いの言葉があった。

「もしスタッフとか余ってるなら、うちに派遣してくれないかな？」

ドキュメンタリーではなくクイズバラエティー番組へのスタッフ派遣。骨のあるドキュメンタリー番組を作ることを目指して星野と立ち上げた会社だったが、会社を守るためにドキュメンタリー番組以外へのスタッフ派遣を決めたのだ。

そんな時に入ってきたのが、大学四年の真宮（まみや）勝吾だった。特にこれと言ってやりたいことのないまま大学時代を過ごした勝吾は、これと言って働きたい会社もないまま受けた会社に全部落ちた。大学の先輩に頼まれてバイトで入ったのが、Ｄスピリッツでのリサーチを兼ねてのＡＤ業務だった。インターネットでのリサーチもまだ簡単に出来ない時代。時間だけは持て余していた勝吾に最初に振られたのは、変わった名字の人を探すという仕事。

全国の電話帳を集めて、変わった名字を調べて一軒ずつ電話をしていくという気の遠くなるような仕事だったが、コンビニでバイトするよりはやり甲斐を感じていた。

ある日の深夜、会社のテーブルでカップ麺を食べて休憩をしていた時に、バイトの先輩が一つのビデオを持ってきた。ラベルには「父さんは人を殺したことがある」と書かれていた。

「この番組、ここのディレクターが作ったらしいんだけど、おもしろいらしいぜ」

最後まで見るつもりなんかなかった。だが、ビデオを再生機に入れてから、四十六分間。

勝吾は箸を動かすのを忘れ、食べかけのカップ麺は伸び切った。

体温が上がり血液の流れが速くなった気がしたのはこの時が初めてだった。父親が息子に人を殺めた過去を告白する場面で感じた興奮は、勝吾の股間を膨らませていた。性的興奮を覚えたというわけではなく、あらゆる興奮がそこに行き場を求め、勝吾の体にそう表れた。初めての感覚だった。

「こんなものを作ってみたい」

衝動が脳を揺らした。

西山はクイズ番組へのスタッフ派遣を行いながらも、ドキュメンタリーの制作を続ける思いはあった。だが、ディレクターからなかなかおもしろい企画が上がってこない。そこでADも含めて社内で働くすべての人から企画募集をすることにした。期待はしていなかったが。二週間後、机の上にドンと置かれた企画書の山。一つずつ見ていき、三つ目の企画書を手にした時、そこに書かれたタイトルに魅せられた。「ホームレスのくせに夢なんか見やがって」。かなり刺激的なタイトルだが、聞くと、それはクイズセクションのバイトが出した企画だという。提出者の欄に「真宮勝吾」と書いてある。西山はすぐに受話器を取り、クイズセクションの内線番号を押した。すぐにやってきた真宮勝吾は、なぜ自分が呼ばれたのか分からず戸惑っている様子だった。

「なんで、こんな企画を思いついたんだ？」

ストレートに聞いてみると、勝吾は「大学時代にいつも通っていた川の土手に暮らすホームレスを見て思っていたことがあるんです」と言って、話し始めた。

「あの人たちはどこに向かって生きているのだろうって」

死ぬために生きているのか？　何か目標とかあるのか？　Dスピリッツで企画募集の紙を見た時に「自分も何か作ってみたい」という衝動に駆られ、その瞬間、脳にフラッシュバックしたのが、土手のホームレスたちだったらしい。だが、それはまだ「企画」ではない。ホームレスを題材にしたいという欠片(かけら)だけが浮かんでいる状態。

勝吾は会社で「父さんは人を殺したことがある」を見て、それを作った星野という人のことが気になり、雑誌などでのインタビューを読み漁(あさ)ったということも語った。ある雑誌に書いてあった星野の言葉が引っかかったのだと言う。

「ドキュメンタリーはギャップである」

ギャップが人をひきつけ、様々な感情を抱かせるのだと。ホームレスを題材に何か企画をと考えた時に思い出したキーワードが「ギャップ」。ホームレスとのギャップのある言葉を書き出していった中に出てきた一言が「夢」だった。ホームレスになった人たちに夢はあるのか？　その思いを企画書に書き殴ってみた。

勝吾のそんな思いを聞いた西山は、編集費を抜いて五十万円を制作予算として与えることを告げた。撮影用のカメラは会社から貸し出すが、スタッフは出さない。つまり、勝吾一人で作らないといけない。良い条件とは決して言えない。

だが勝吾は、そんな無茶な条件が無茶だとも分からず頭を下げた。

「ありがとうございます」

初めて書いた企画書に予算をつけてくれた。勝吾は、「この人に認められたい」と生まれて初めて強く思った。

翌日、勝吾はデジカムを持ち、単身、都内のホームレスが住んでいる、いや、生きている場所に向かいインタビューに答えてもらえないか、交渉した。

「今、ドキュメンタリー撮ってて、インタビューに答えてもらえませんか？」

当然ながら交渉は大苦戦した。簡単に「分かったよ」と言ってくれるホームレスはいなかった。ホームレスは人を警戒しないわけではない。ホームレスだからこそ警戒するのだということをまず知る。勝吾が右手に抱えるカメラを見た瞬間、逃げるように走っていく人も少なくなく、勝吾の依頼に眉を吊り上げて怒る人も多かった。そこで気づく。プライドを捨てたからホームレスになったんじゃない。プライドがあるからこそホームレスになったんだと。

なんとしてでも撮りたい。その思いだけが勝吾を粘らせた。十人、三十人、五十人、百人とアタック し続けると、徐々にホームレスとの距離の取り方も分かってきて、モザイクありならOKしてくれる人も出始めた。百五十人を超えたところでついにモザイクなしでも答えてくれる人が出てきた。

だが、彼らが答えた「夢」の中に勝吾の期待のハードルを越えたものはなかった。

「夢？　まあ今はこういう生活だからね。ゆっくりと生きていくことかな」

「夢ねぇ。ないなぁ。あえて言うなら、マイペース」

「夢を抱かないことが夢かな……」

みな何かしらの夢を抱いたからこそくじけ、現実に気づき、今に至っている。だからこそ夢を持たないし、夢なんか持たずに生きていかなきゃいけないんだよと、自分自身に言い聞かせているように思えた。だが、勝吾がもう一歩踏み込んで聞こうとすると、バリアを張る。

インタビューも二百人を超えてさすがに限界を感じていた頃、勝吾はある一人のホームレスに出会った。渋谷の宮下公園近くをベースにしているホームレス。「ボブさん」と周りからは呼ばれていた。

「ボブさんはおいくつなんですか？」

「いくつに見える？　ご想像にお任せします」

キャバクラ嬢のようなことをわざと言ってみせる人で、これまで勝吾が会ってきた中では口数も多く、インテリジェンスを感じた。ホームレスだが服の着回しのポップさと髭の生え方にこれまでの人生の格好よさが滲みでている気がした。ただ、近づくと臭いでやはりこの人はホームレスなんだと気づかされる。

「ボブさんって今、夢を抱いてたりしますか？」

ボブさんはプッと吹き出した。

「君、おもしろいこと聞くね。ホームレスに」

「ホームレスだから聞いてるんです」

ボブさんはヨレヨレのタバコに火をつけて大きく吸い込み、こう言った。

「夢なんかないでしょ」

吐き捨てるように言った言葉の中には含みを感じた。

「あるって感じしましたけど」

「だからないって」

「じゃあ、質問を変えますけど、なんでホームレスをやってるんですか？」

「そんなこと知りたいの？」

「もし良ければ知りたいです」

「なんで知りたいかって言われると困るんですけど」

「なんで知りたいの？」

勝吾はその理由が自分でも分からなかったが、ボブさんは説明してくれた。

「みんななりたくないんだよ。ホームレスなんかに。なりたくないから知りたいの。ホームレスになった理由を聞いて、自分の人生にそういうことは起きないだろうって理解して安心したいんだよ」

確かに安心したい人が多いのかもしれない。だけど少なくとも自分はそうじゃない。だから本音を伝えた。

「僕は安心したくて聞いてるわけじゃないです。その理由がおもしろそうだからです。すいません、興味本位で」

「正直でいいな」

「特別な理由が聞けるんじゃないかって期待して続けているんです」

「俺がホームレスになった理由は特別なんだろうか」

「特別なんですか？」

「特別なのかもしれないし、特別じゃないのかもしれない」

「教えてもらえませんか？」

「知りたいの？」

「知りたいです」

ボブさんは、再びタバコを吸い込んだ後に、煙を吐きながら言った。

「種だよ。種」

「種？」

「俺な、精子がないらしいんだよ」

「精子がない？」

国立大学を出た後、進学校の教員をしていたボブさんは、友人の勧めもあって教員を辞め、塾の講師となった。ボブさんの授業は分かりやすいと生徒たちにも人気だった。塾のオーナーは東大合格率のアップを目標とし、他塾や学校から講師や先生を引き抜いてきた。金に糸目を付けずに半ば強引に講師を集めていたが、結果その作戦は成功し、教室の数も月ごとに増えていった。

オーナーの一人娘は慶應義塾大学経済学部を卒業後、塾の経理をしていた。ボブさんはその娘さんと付き合うようになり、結婚したのだという。

「とにかく、子供が出来ることを期待されてたんだよ」

婿入りしたボブさんは、子宝を期待された。が、結婚して十年たっても子供を授かることが出来なかった。もう諦めるしかないのかと思ったその年に、奥さんが妊娠。そして出産した。

「なんかさ、生まれた子供を抱いた時からさ、違和感っていうかさ、それはあったんだよ」

「違和感ってどういうことですか？」

「なんかしっくりこないっていうかさ」

勝吾はその先の言葉を口にすることをためらったが、カメラを回す右手をギュッと握り、ブレーキを解放した。

「自分の子供じゃないって思ったとか？」

勝吾の踏み込んだ言葉を聞き、ボブさんは勝吾の目を見た。

「聞くんだねぇ」

子供が生まれて半年ほどたった時に、ボブさんはオーナーに呼ばれたという。

「そこで何を言われたんですか、オーナーに」

ボブさんはわざと笑顔を作り、勝吾に言った。

「俺の子供は、俺の種じゃなくて他の男の種だったたって」

オーナーは孫が欲しかった。それ以上に子供を授かることを強く願っていた娘の気持ちに応えてあげたかった。子供が出来ない原因は一体何なのか？　そんな時に、オーナーは娘からある告白を受けたのだという。

「大学の時にね、一度。妊娠したことがあるの」

一度妊娠したことがある。ということはどういう結果になったのかもすぐに悟った。だがそこで大事なことは、一度妊娠したことがあるという事実だった。オーナーの娘は「子供が出来ない理由は自分ではなく、夫にあるのではないか」と考えていたのだ。

覚悟を決めた娘の告白を聞いて考え、オーナーは「他の人の種で体外受精に踏み切ってはどうだろう？」と提案した。ボブさんには内緒で。

結果、子供を授かった。

オーナーはボブさんに責任を押し付けるように言ったのだという。

「つまりはね、君の種のせいだったんだよ」

オーナーは、ボブさんが何か違和感を抱いて娘を探ったり、調べたりする前に、伝えておこうと決めたのだ。

「今日こうやって教えたことは娘には内緒にしてくれよ。まあ、子供が出来たんだから。大切に育てて」

自分の種のせいで子供が出来ず、妻は誰かの種で子供を授かって、家に帰るとその子供がいる。誰かの種で出来た子供が。

ボブさんは家で子供を抱く度に、ある感情が湧いてきたのだという。

「このままギュッと腕で締めつけたら、こいつは死ぬんだろうか」

自分の子供でない子供への殺意。

ボブさんは離婚を申し入れて、塾も辞めた。

働くことも嫌になった。生きるのが面倒になった。

「だけど死ぬのはなんか違う。それでただ生きている。ホームレスとして」

それがボブさんのホームレスになった理由。

「これって特別な理由かな？　どうかな？」

カメラに向かって言ったボブさん。カメラの向こうにいる視聴者に問いかけているかのようだった。

「そんなボブさんの夢ってあるんですか？」

「ここで聞く？　夢？」

「ないんですか？　ありますよね？　きっと」

酷な質問であることは分かっていた。だけど、ここで刺したら何かが出てくる気がした。

勝吾の頭の中では、星野がクリーニング屋のマサトに言葉を突きつけている映像が浮かんだ。

だからこそ、聞く。酷だからこそ聞く。

「夢か。夢ねぇ。そうだな。種が欲しい」

そう言ってニコッとしたあとに、顔から笑顔が落ちた。

撮影後、勝吾はタイトルを変えた。「ホームレスだって夢を見る。でも……」と。

勝吾が作った「ホームレスだって夢を見る。でも……」が放送された後、宮下公園の近くにはボブさんの姿はなくなっていた。

第二章

勝吾のデビュー作となった「ホームレスだって夢を見る。でも……」は日曜日の深夜にひっそりと放送されたのだが、業界でなかなかの話題となった。

この一本のデビュー作で、勝吾の人生は大きく動き出す。

西山は知り合いのテレビ局員や他の制作会社の社長などから電話をもらった。「いい若手、捕まえたな」と。「他の会社に獲られないように気をつけろよ」と言われた後に、すぐに勝吾を社長室に呼んだ。

「Dスピリッツの社員として働かないか」

「ここの社員ですか？」

「お前には才能があるよ」

二十歳そこそこの人間が、人生の大先輩に「才能がある」と言われて魔法にかからないわけがない。

西山は分かっている。結果を早く出せる人間と、そうでない人間がいることを。結果を早く出せた人間のことを運がいいという一言で片づける人も多いが、運を引き寄せるには努力がいる。

「努力を努力と思わずにやるには、若さと、経験値のなさが必要なんだ。経験値というのは、時として邪魔をするんだよな」

西山にかけられた魔法により、勝吾は、Dスピリッツでドキュメンタリーを制作することこそが自分の人生であると強く思い込み、社員になった。本来ならばAD業務から始めるところだが、西山は、勝吾をいきなりディレクターにするという大抜擢を行った。

「努力を努力と感じない時期に、もっとチャンスを与えてみよう」

初めて世間から評価される快感を得た中で無駄な経験値がつかないうちに、若さ故の好奇心とそのイタさが武器になりそうな仕事のきっかけを与えることにした。

平日朝六時から八時まで放送されている人気情報番組「スイーツモーニングTV」。始まって一年は苦戦を強いられたが、出勤前の女性を中心に徐々に視聴者をつかみ始めていた。番組にさらに勢いをつけるために、ある日、局から制作会社に企画募集があった。番組内で毎日放送されるミニコーナー企画で、西山はDスピリッツの全ディレクターに企画書を書かせた。十社以上の制作会社から五十を超える企画書が提出された。そこで見事採用になったのが、勝吾の書いた企画だった。しかも企画書はたった二枚。一枚目は表紙で、そこには企画名だけが書かれていた。「今日、生まれました」。

出産した直後の女性が生まれたばかりの子供を抱きながら、新しい生命をこの世に生んだ感想を語るというシンプルな企画だった。西山は勝吾の企画書を見た時にほくそ笑んだ。

「あいつを企画募集に参加させて正解だったな」

この企画においてのリスクは、出産直後の女性にインタビューを敢行するという点だ。出産は何が起きるか分からない。出産前から撮影をスタンバイしていても、時間も読めないし、とても悲しい結果が待っていることもある。勝吾には妻も子供もいないから、そのリスクなど想像出来ない。だからこそ出せた企画だった。

番組のチーフプロデューサーは西山に語った。

「様々なリスクはあるかと思うけど、シンプルに、生まれたばかりの子供を抱いた母親の顔とその気持ちは、朝の番組にマッチするはずです」

西山は勝吾を社長室に呼び出して言った。

「お前の企画のおかげで、うちの会社の仕事も大きく増える。ありがとうな」

「正直、通るとは思いませんでした」

「本当に思ってなかったか？　心の中では自分のが一番おもしろいと思ってたろ」

「……正直思ってました」

「いいね、そのイタさ。星野と似てる」

西山から思わず本音がこぼれた。

「今日、生まれました」の制作にはDスピリッツのディレクター五人が立つことになった。そのうちの一人が勝吾である。

「局からも一人プロデューサーが立つ。それがお前の曜日の担当になるから」

「局員のプロデューサーですか」

「そうだ。女性局員だ。若手だから、お前もやりやすいと思うぞ」


局から来たプロデューサーは和田有紀（わだゆき）という女性だった。勝吾より二つ上の女性。入社三年目でプロデューサーの勉強を始めたばかり。上智大学出身の帰国子女で、肩胛骨（けんこうこつ）あたりまで伸びる黒い髪の毛に育ちの良さが見える。有紀の父親が大企業の社長の親戚だったため、縁故入社とも言われていた。いい意味での温室育ち感のある女性で、社内での評判も良かった。これまで「スイーツモーニングTV」のアシスタントプロデューサーだったが、「今日、生まれました」の企画で正式にプロデューサーになったのだ。

Ｄスピリッツで行われた初めての会議で、有紀は緊張をおさえきれない表情をしていた。デニムに白いシャツ。ただそれだけなのに品の良さが漂ってくる。勝吾は勝手に緊張していた。テレビ局員と向き合って仕事をするのは初めてだった。

「本当に分からないことだらけなんで、よろしくお願いします」

有紀が頭を下げると、その質のいい黒髪が下にゆっくり落ちていく。そんな有紀に対して勝吾は強がった。

「俺も分からないことだらけだけど、俺の考えた企画、命がけでおもしろくしたいんで」

たった五分のコーナーであっても、それを毎日作るとなるとかなりの労力を割くことになる。一週間に五人。仮に一年続くとすると、年間で二百人以上の妊婦さんが必要となる。しかもこの企画は出産直後に我が子を抱いた母親の姿を撮影するのだ。ということはスタッフは近くで待っていないといけない。

まず出産する現場にカメラを入れさせてくれる病院が少なかった。ＯＫしてくれた病院から妊婦さんを紹介してもらい、一人ずつ口説いていくのだ。

一番意外だったのは、妊婦さん本人が出演をＯＫしても、旦那さんや家族が出演ＮＧの返事をしてくることが多かったことだ。出産を間近に控えた妊婦さんたちはお腹の中の子供に会えることへの期待と希望に溢（あふ）れている人が多かったが、家族は「もしも」のことを考える。

そのネガティブ要素を妊婦である奥さんの前で言うことはなかったが、「もしも何かあったら」と最悪のケースも考える。もちろん放送はしないにしても、「もしも最悪のことになった場合にテレビクルーが近くにいたら」と最悪のシミュレーションをする。だから断る。

　西山はプロデューサーの業務である交渉の場にも勝吾を立ち会わせた。それが経験であり、仮にそこに失敗が生まれてもその経験が勝吾の今後の作品の栄養になると思ったからだ。その場で勝吾が出来ることはない。ただ見ているだけ。出演を悩む妊婦さんや家族の心を動かしたのは、西山以上に有紀だった。

　実際に放送が始まればどんな内容か分かるので出演してくれる人も増えるだろうが、最初の出演ＯＫをもらうまで勝吾の班は三十人以上と交渉を重ねた。三十三人目にしてようやく出演を許可してくれたのは東山瑞穂（ひがしやまみずほ）という女性で、三十七歳にして初めての出産を控えていた。

　瑞穂と夫の伸輝（のぶてる）の前で有紀が言った言葉は強かった。それまでの交渉でＮＧが続いていたことから、単なる「企画説明」のようなビジネスライクな言葉は届かないと思っていたのかもしれない。

「私は子供を産んだことがないので、出産に対する不安は分かりません。分かるって言ったら嘘になります。だけど、新しい命が、それを生んだお母さんと新たに生まれた命の顔が、最近あんまりいいことないなとか、今日仕事行くのいやだなって思う人たちに、ただ笑顔を与えてくれると思うんです」

有紀が言った「命の顔」という言葉に瑞穂も横にいた夫も、そして勝吾もハッとした。これからこの人のお腹から出てくるのは子供であり赤ちゃんであり、命。

この有紀の思いに打たれ、瑞穂も伸輝も出演を快諾してくれたのだ。有紀の姿勢と言葉は瑞穂たちの心を動かし、そして勝吾の心も揺らしていった。

東山瑞穂は結婚して十年目。これまで二度の流産を経験して、やっと出来た子供だった。夫の伸輝は四十七歳。瑞穂は出演をOKした後に有紀に語った。

「ここで妊娠出来たことは奇跡だし、その自分たちの姿が、不妊で悩んでる人も含めて誰かへのメッセージになるのならいいかなと思うんです」

まだ何の形にもなっていない、生まれてもいないこの企画に、瑞穂がそれを生み出す母胎を授けてくれるような形になった。

夫の伸輝は、最悪のケースを想定していないわけではなかった。

「絶対そんなことあってほしくないです。あってほしくないけど、最悪のことが起きたとしても、それをカメラにおさめてほしいんです。すべてを残しておきたいんです。妻がやっと妊娠して、命をかけて命を生み出そうとした姿を」

体を震わせながら、ゆっくりとその言葉を伝えてくれた。

瑞穂と伸輝の希望により、出産する瞬間も撮影させてもらうことになった。もちろんその瞬間を放送することはないが、記録におさめてほしいという夫婦の願いに応えたい、と勝吾は思った。

その日は来た。

勝吾と有紀は、Dスピリッツの会議室で、瑞穂の子供が生まれたらどう構成して放送していくかを話し合っていたが、すべてが机上の空論にすぎない。撮影してみないと分からない。出産予定日まであと三日。勝吾の中では新しいものを作れる喜びよりも、不安の方が大きくなっていた。

「本当に作れるんだろうか？」

企画した勝吾も、自分が出したたった二枚の企画書の重さに今更ながら気づかされる。

「絶対、いいもの撮れるよ。真宮君」

有紀と会議室で初めて会ってから二ヶ月近くがたっていた。

有紀は不安を口にしない勝吾の気持ちを察して、近すぎない距離感でたまに勝吾を励ましてくれた。それが心地よかった。

「お腹空いたからご飯でも行こうか。私おごるよ」

Dスピリッツの近くにある人気カレーチェーン店。勝吾が人生で初めて三倍の辛さ、3辛にチャレンジして汗を噴き出していた時だった。携帯が鳴った。伸輝からだった。

「陣痛が始まりました」

急いでタクシーに乗った。車の中で勝吾は西山に電話をしたが、このタイミングでインフルエンザにかかるというバッドタイミング。有紀も局のチーフプロデューサーに連絡を入れるが出ない。どうなるか分からない一回目の戦場に二人で向かうしかなかった。

二十三時三十分を過ぎた頃、勝吾と有紀が病院に着く。部屋の前で伸輝が落ち着かない様子でソファーに座って下を向いていた。勝吾と有紀の姿を見た伸輝は、不安を共有出来る相手を見つけたような顔をした。勝吾はカメラを出して、左手に持つ。

「このあと、撮影させてもらいますがよろしいですか」

最後の覚悟を問うように尋ねると、伸輝は勝吾を真っ直ぐに見て大きくうなずいた。

病院に到着してから八時間がたっていた。カメラを左手に持ちながらソファーに座り、意識を半分以上夢の中に引っ張られそうになっていた時に、現実から声が届く。

「そろそろ生まれます」

分娩室の扉が開き、その中から届いた強い声で一気に目が覚める。伸輝はすでに分娩室の中に入っていた。勝吾は有紀と目を合わせた。

「行こう」

二人は分娩室に入っていき、指定されていた部屋の入り口付近に立つ。勝吾はカメラの録画ボタンを押した。

分娩台に仰向けに寝っ転がる瑞穂の左手を、強く握る伸輝。

勝吾と有紀はこの日の前、瑞穂の思いを聞いていた。

ずっと願ってきた。

子供が欲しい。子供が欲しい。

子供が。欲しい。

会いたい。

そう願い続けて、喜んでは大粒の涙を流しての繰り返し。

二人を繋ぐ手と手。勝吾のカメラは、絆のアップを撮影していた。

母親が自分の体内から新たな命を生み落とす。その姿。

生き物から生き物が出てくる。

女性として生まれてきたものが死へと向かう何十年の間に、自分の体から命を生む。自分の生と死の間に、生、を生み、その、生、がまた死に向かう途中で、生、を生む。

瑞穂が大きく叫び、握っていた伸輝の手を振り払った。

「うわぁーーーーーーーーーーーー」

人生で出したこともないであろう声と共に、瑞穂の体内から絞り出されて出てきた。命。

有紀はその光景を見て足が震えていたが、瑞穂の体から出てきたそれが命だと理解出来た瞬間に涙が出た。人生で初めて感じる神々しさだった。

勝吾は、カメラを持つ手が震えるのを、反対の手で押さえるのがやっとだった。それが命なんだとなかなか理解することが出来ず、飲み込めず、それまでの人生で見たことのない光景が繰り広げられていることに怖さを感じていた。怯えていた。

同じ光景を見ても、みんなが同じ感情になれるわけではない。たとえ命が生まれる瞬間でも。

助産師さんが、生まれたばかりの命を綺麗に拭きながら瑞穂に言った。

「おめでとうございます。がんばりましたね」

その言葉を聞き、伸輝が再び瑞穂の手を握った。

「お疲れさま。生まれたよ。生まれたよ」

そんな二人を部屋の隅で眺める勝吾の肩を叩く手。有紀だった。

自分は何のためにカメラを持って入っているのか。本来の目的を忘れてしまうくらいの強烈な光景だった。助産師さんが手招きしている。勝吾がカメラを持って近づくと、助産師さんが真っ白なタオルにくるまれた生まれたばかりの命を瑞穂に渡した。

瑞穂は寝たまま、その命を受け取りギュッと抱いた。

抱いた瞬間に、彼女の顔は母親になり。

その命は、子供になった。

言葉で表現しきれない感情が涙に変換されて、瑞穂の目から溢れ出る。

勝吾は生まれたばかりの赤ちゃんを抱いている瑞穂にカメラを向けたまま、聞いた。

「今の気持ちは？」

と聞くつもりだったが、出た言葉は違った。

「新しい命の顔を見て、何て言ってあげたいですか？」

有紀が使った「命の顔」という言葉が無意識にこぼれる。瑞穂は答えた。赤ちゃんを見て。

「私たちを選んで来てくれてありがとうね」

撮影を終えた勝吾はグッタリしながらソファーに倒れ込む。一方で、有紀は座ることなく話し始めた。

「子供は、親が作ったんじゃなくて、その親を選んで来てくれるんだね。新しい命を親が生んであげるんじゃなく、選んで来てくれた命を、自分の体を使って、世に出してあげるんだね」

有紀は自分に言い聞かせるように呟く。この時の勝吾はまだこの言葉に心から共感することが出来ていなかったのかもしれない。

ただ、疲れの中の充実感で浮遊するような気持ちよさに浸っていた。出産の光景を見た時の怖さは消えていた。

病院の窓からは太陽の光が差し込む。気持ちよい。

勝吾と有紀は、ここまで大きな不安を共有しながらそれを乗り越えた戦友として、それぞれの気持ちよさを抱いて、笑っていた。

気づくと朝の九時を過ぎていた。忘れていた眠気も襲ってきたので、帰ることにした。

勝吾と有紀はエレベーターに乗った。二人きり。その瞬間、勝吾の中でさらに疲れが押し寄せてきた。そして、二人だけの密室の空間で自分の体が汗臭いことに気づいた。それと同時に、隣にいた有紀の体からも汗臭さを感じた。

高偏差値でテレビ局員。お嬢様育ちのこの女性が発する体臭が、勝吾の鼻の奥から本能を刺激した。

エレベーターの中で、勝吾は有紀にキスをした。

有紀は突然の行動に驚いたが、受け入れた。

勝吾はそこで改めて気づく。

「好きなんだ。好きになっていたんだ。有紀さんのこと」

エレベーターが開くと、勝吾はそのまま有紀の手を取って走っていった。同じ不安を持ちながら、それを乗り越えた喜びを分かち合えるのは二人しかいない。その事実が、本来なら必要な言葉や感情を、Deleteしてショートカットさせた。

「ゴムは？」

有紀の声が聞こえたが、聞こえないフリをした。有紀もそれ以上は言ってこなかった。

快楽は人の感情を狂わす。○×クイズで正解が○だとしても、×に誘(いざな)う。それが快楽の力。

勝吾は有紀を激しく抱きしめたまま、中で果てた。

それがＳＥＸを超えて何に繋がるかも分かっていたが、快楽が理性を壊し、そうさせたのだ。快楽は想像をも奪う。

第三章

勝吾が企画したコーナー「今日、生まれました」が「スイーツモーニングTV」の中で始まると、放送初回からテレビ局には百件を超える電話があった。七割が賞賛の声。三割は「人の命をテレビにするのか」といった過敏な反応。西山はそのリアクションを聞き、ニンマリとして呟いた。

「賛否両論あるものこそ爆発力があるんだよな」

放送が始まると、このコーナーに出たいと応募してくれる妊婦さんが日に日に増えていった。放送前は出演者を口説くことに一番時間を費やしたが、出演希望者が増え、その手間が省けた。

応募者の中から、出演者をどうやってチョイスしていったか。それは「顔」だった。テレビはエンターテインメント。綺麗な人が出ていた方が、その瞬間の画は強い。だからみんな顔を優先順位の一位にしていた。勝吾の中で言葉に出来ない違和感はあったが、周りの人がそうしていたので、それが正解だと思うようにしていた。

希望者は応募に際して自分の写真と応募動機を送ってくる。だが、応募動機を真剣に読む人はいなかった。有紀を除いては。有紀は顔写真よりもまず、応募動機に目を通していたのだが、その姿を見たチーフプロデューサーにはっきり言われた。

「結局、美人だよ。テレビは。美人の笑顔の方がグッとくるんだよ」

勝吾はあの日から有紀と付き合い始めた。有紀の家に泊まる回数も増え、二人でいる時間が多くなった。その距離感はお互いの仕事にもプラスの影響を与えていた。スタッフに言いにくいことも、遠慮せずに本音で話せるようになったからだ。

この日、二人は出演希望の妊婦さんへの取材帰りにそば屋に寄ったが、有紀はそばに箸もつけずに言った。

「出演者の選び方がしっくりきてないの。応募動機、沢山書いてくれる人もいるのに、みんなちゃんと読もうとしない」

有紀が鞄から応募動機が書いてある紙を出した。十通以上あった。

「これ、顔じゃなくてね、応募動機だけを見て私が選んだ人たち」

勝吾がそれを受け取って、応募動機を読み始めると有紀が言った。

「私はね、悲しみの先に希望を見つけた人たちの笑顔を伝えたいんだ」

勝吾は目を通しながら気づいた。有紀が選んだ紙に書かれていたこと。共通していたのは「悲しみ」だった。赤ちゃんが欲しくて欲しくて、しかしなかなか出来ず、不妊治療をしたり、流産したり、出産直前で死産したりと、「悲しみ」が溢れていた。悲しみの中を歩き続けた先に見えた希望の光。それが今、お腹の中に宿っている。一回目に出演してくれた瑞穂もそうだった。悲しみの先の希望だった。

その応募動機を読んだ勝吾の気づきは、有紀のそれとはちょっとだけ形が違う。ディレクターとしてのシビアな面もあったからだ。カメラの前にいる妊婦さんは、言ってしまえば他人である。毎回、新たな命が生まれることに感動はあるが、瑞穂の時ほどではない。彼女の喜びになぜあんなに共感出来たのか。それは、瑞穂の悲しみを聞いていたから。

喜びや幸せは、人によってはただの自慢にしか聞こえない時もある。それが出産であったとしても。人は残酷。その喜びと幸せの前に悲しみがあり、ようやく浮かび上がってきた幸せだからこそ、人は共感して「あげる」のだ。いつも幸せな人に新たな幸せが訪れたとしても、人は心から祝福しない。悲しみの先にやっと手に入れた幸せだからこそ、その幸せを祝福し共感してあげるのだ。

「俺らのチームが撮るべきなのは、悲しみなんだな」

勝吾の言葉に有紀がコクッとうなずき、ようやくそばを一気にかきこみ始めた。勝吾は、自分がうっすら抱いていた仕事への違和感の正体に気づき、進むべき方向性を示してくれた有紀をその場で抱きしめたかった。有紀に対して、知らず知らずのうちに「愛しさ」を感じ始めていた。

大神響子（おおがみきょうこ）という女性から届いた応募動機の紙には、こう書かれていた。

私は三十五歳。ずっと子供が欲しかったのですが、夫が無精子症だということが判明しました。

私も夫も、どうしても子供を授かる夢を諦めきれず、ある決断にいたりました。

そしてようやく妊娠し、現在妊娠九ヶ月。

テレビでは話せないことも多いのですが、生まれてきた子と私たちが家族であるという証を記録に残したく、このたび応募させていただきました。

手紙にはいくつも気になる点があった。まず「無精子症」という言葉を勝吾も有紀もこの時初めて知った。勝吾と有紀は二人で答え合わせをするように調べた。

無精子症とは精液の中に精子がない状態のことで、男性の百人に一人は無精子症だとも言われている。無精子症は、二つに分けられる。閉塞性と非閉塞性。閉塞性は精巣の中で精子が作られているのに、精子の通り道が塞がっているので精液に精子がない状態。非閉塞性は精巣の中で精子がほとんど作られていない状態。無精子症の八割近くが非閉塞性だとも言われている。ここで勝吾の中で疑問が芽生える。

（無精子症の人の精液は通常の精液と色などが違うんじゃないか？）

残念ながら見た目ではなかなか分かりにくく、検査をしなければ自分が無精子症かどうかは分からないらしい。

不妊で悩む夫婦は多い。奥さんが原因だと思っていたが、実は旦那の精子に問題があったとしたら……。しかもそれが無精子症だと分かったら……。その現実を受け止めきれない男性は多いだろう。

ネットで無精子症とは何なのか調べている時に有紀が呟いた。

「これって、男の人はキツイよね」

「まあ、そうだろうね」

「奥さんの問題だと思ってたら、実は自分なんだもんね」

「ショックだろうな。でもさ、避妊する必要がなくなるって思う男もいるよね」

ふと頭に湧いた言葉が口から出た時に、有紀の顔に嫌悪が混じったのが分かった。だが二十代前半の男性が無精子症という言葉を聞き、百人に一人にその可能性があると知ったとしても、不妊で辛い思いをする人に共感出来るかというと難しいだろう。自分が結婚して、子供を授からない現実に直面するまでは。

「この手紙に書いてある決断ってなんだろうな？」

「とりあえずアポ取るから、取材には行ってみよう」

「そうだよな。夫婦で悲しみを背負って妊娠したんだから」

この時、有紀の前では、悲しみを背負った夫婦には会うべきである、という発言にとどめたが、勝吾の中で一番大きかったのは好奇心だった。応募動機を読んだ時に好奇心が異常にうずきだしたのだ。

大神響子の夫、大神拓海(たくみ)は幡ヶ谷の路地裏で小さなイタリアンレストランを営んでいて、開店前にこの店で取材させてもらうことになった。

拓海の身長は百八十センチ近くあって、その体形と耳の形からして柔道をやっていただろうことが分かった。坊主に近い髪型で丸っこい顔からこぼれ出る笑みから、この店の性格まで分かった。

その拓海の横にいた響子は、妊娠九ヶ月のお腹が膨らんではいるものの、小柄で、夫の拓海とこぼれ出る笑顔が似ていた。仲のいい夫婦は顔が似てくると言うが、まさにその言葉が似合う夫婦。

響子は短大を卒業後、保育士として働いていた。引っ越した家の近所に拓海が当時働いていたお店があり、そこによく行くようになった響子に拓海が惚れたのだ。拓海は、響子が店に来ると、響子の頼むパスタをちょっと多めに盛りつけてメッセージを送っていたらしいが、響子はそのメッセージになかなか気づけなかった。業を煮やした拓海の同僚が、響子に拓海の思いを伝えたことが始まりだった。

自分たちの馴れ初めを、勝吾と有紀に恥ずかしそうに話す響子。拓海は口下手で、キッチンに引っ込んだと思ったら、この店の人気メニューであるガーリックトーストを出してくれた。有紀が口に運ぶ。

「うわ、カリカリしてるのに中がフワフワしてる」

店は小さいが、このガーリックトーストとパスタを食べるために行列が出来ることもあるという。

二人が出会い結婚するまでの話は、聞いている方としても幸せな気持ちになるはずなのだが、勝吾はその先の話を聞きたくて仕方なかった。

「結婚したあとに、どういう経緯があって今に至ったんですか」

勝吾は口にした。無精子症だと分かった時の気持ち。そして「ある決断」とは何なのか？

拓海は現在四十一歳。響子は三十五歳。結婚して七年。拓海は自分の店を持つという夢があったため、それが実現するまでは子供は作らないでおこうと決めたらしい。

響子が保育士を目指したのは単純すぎる理由。子供が大好きだったから。だから結婚したら早く子供が欲しかったが、店を持つという旦那の夢を優先してあげたかった。

拓海が三十五歳で店を始めてから三年がたち、少しずつだったが店の評判もよくなり、「やっていける」という自信がついた頃、響子は三十二歳になっていた。話し合って子供を作ろうと決めた。

「だけど、いざ作ろうと思うとなかなか出来なかったんです」

勝吾が聞きたかった本題にようやく入ってきた。

響子と拓海は一年間、毎月自然妊娠での子作りに挑んでみたが出来なかった。もしかしたら不妊症なんじゃないかと、響子が一人で検査に行ったところ、夫婦二人で検査することを病院から勧められた。

夫の拓海と一緒に検査に行き、そこで突きつけられた現実。

「検査して分かったんです」

そこまでは響子が語ったが、行き止まりの道に入ったかのように言葉に詰まった。すると、横に座っていた大きな体の拓海がボソッと言った。

「僕に精子がないことが分かったんです。無精子症」

しかも拓海の無精子症は、非閉塞性だったのだという。

陰嚢にメスを入れて、中に精子がないかを調べる手術もあるが、可能性の低いこの手術をする精神的な余裕は二人にはなかった。

だから、無精子症であるという診断を受け止めるしかなかった。

無精子症であることを知ってから、家での拓海の言葉数が減った。笑顔を見せることもなくなった。

拓海の大きな体は、申し訳なさで一杯になっていたのだ。響子は子供が大好きで保育士になった。なのに子供が出来ない。自分のせいだ。子供を授かることが出来ないと分かって、響子は保育園でどんな気持ちで子供たちと向き合っているんだろうか。響子の気持ちを考えるだけで、辛かった。「ごめん」と何回言ったか分からない。響子は自分と結婚していなければ、こんな悲しい気持ちにならなくて済んだんじゃないか。罪悪感が増していき、拓海は次第に追い詰められていった。そしてある日、響子に告げた。

「僕と離婚した方がいいと思う」

無精子症だと分かってから笑顔の消えた拓海のことを心配して、響子は仕事の帰りに店に顔を出すようにしていた。

その日は、仕事の終わりが遅くなったので、店に着いた時は閉店後。店の中にいたのは拓海だけだった。明日の仕込みをする拓海は、自分のことを心配して来てくれた響子を見て、包丁を握る手を止めて離婚を切り出した。

拓海が、息を止めるようにして響子を見て、再び言った。

「離婚。した方がいいと思う」

体が大きくて不器用で、料理しか才能がない夫が、無精子症だという現実を突きつけられて、考えに考えて、出した言葉。自分の幸せのために出した結論が離婚。響子は拓海の言葉を聞いた瞬間、色んな感情が入り乱れて、それが涙として溢れ出た。

「そんなこと言わないでよ」

目からだけではなく鼻からもこぼれた。どれだけ拭(ぬぐ)っても間に合わない。

「ごめんね」

そう言って響子を抱きしめた拓海の目と鼻からも涙が溢れ出た。

「拓ちゃん、いいんだから。子供いなくたって、いいんだから」

響子は涙の止まらない目を拓海の胸にギュッと押し付ける。拓海は自分の胸にその温かい涙の温度がゆっくりと染み込んでいくのを感じた。

この日、二人は子供のいない人生を一度選択した。

響子はここまでの話を感情的にならないように淡々と語った。二人がフォローし合って話していく姿を見て、メモを取りながら聞く有紀の目には涙が滲んでいた。

勝吾はその悲しみに同情するフリをした。子供が好きで保育士になった女性、夫は無精子症。そんな夫婦の話を聞き同情する前に、自分が撮影する対象として「最高の食材」であることへの喜びが滲んできたのが分かった。だが、それを目の前にいる夫婦に悟られてはいけないと思った。だから悲しみに同情するフリをした。

話を聞きながら疑問が大きくなっていった。

(拓海さんが無精子症なのに、なんで響子さんは妊娠してるんだろう?)

勝吾は我慢しきれなくなり、聞いてしまった。

「応募動機に書いてあった、ある決断ってなんなんでしょうか?」

響子は横にいる拓海を見つめた。拓海はうなずいてから、勝吾の目をしっかりと見て、自分たちの決断を話した。

「響子のお腹の中の子供は、僕の精子で出来た子供じゃないんです」

「え？　どういうことですか？」

「僕の精子じゃないんです」

「じゃあ、どうやって？」

「精子バンクです。精子バンクにお願いして、精子をいただきました」

精子バンク。勝吾も有紀もどこかで目にしたことはあった言葉。でも精子バンクなんてものを実際に利用している人がいると勝吾は思っていなかった。まるでSF映画のような距離感だったからこそ言ってしまった。

「本当にあるんですね。精子バンクって」

一度は子供がいない人生を選択すると決めた二人だったが、拓海の中では諦めきれなかった。響子に子供を抱かせてあげたいと思ったから。

ある日、店によく来る常連の会話から聞こえてきたのが「精子バンク」という言葉だった。

それをきっかけに、拓海は響子に言わずに精子バンクのことを一人で調べて資料をまとめていった。

精子バンクという言葉を知ってから三ヶ月。

「響子、話があるんだ」

子供のいない人生を選択してから、響子は夫婦での趣味を増やそうとしていた。その一つがカラオケ。二人でカラオケボックスに行き、最近気になっている歌を歌い合う。週に一度はそんなデートをするようになった。より夫婦を楽しむための彼女なりの提案だった。

ある日のカラオケデート終わり、響子が店の部屋を出ようとすると拓海は話があると言って、目の前に資料を出し始めた。

「あのさ、やっぱり僕は響子に子供を抱かせてあげたいんだ」

「え？　どうしたの？」

「僕は諦めきれなかったんだ。勝手なことしてごめん」

「なんなの、これ」

「精子バンクって知ってる？」

響子の前に並べられた精子バンクの資料は、この三ヶ月、拓海が自分で調べてまとめた手書きのものだった。書くこと自体が得意ではない拓海の文字。強い筆圧で精子バンクのことが説明されている。英語も得意じゃないのに、英語の資料に自分で和訳した言葉が書かれている。

それを読むだけで、拓海が一人で悩んで、ここに至った気持ちと覚悟が伝わった。響子が資料に目を通す。そんな響子の姿をじっと見つめている拓海。

響子の目からゆっくりと涙がこぼれる。

「ごめん」

拓海が謝ると、響子は首を横に振り、笑顔を作った。

「一人で考えて苦しかったでしょ？　ありがとう」

響子は立ち上がって、座る拓海の頭をギュッと抱きしめた。響子の腕の中で拓海は言った。

「いきなり精子バンクのことを言われてすぐに受け止められないことは分かってる。それはさ、これから何度も話し合えばいいし、一緒に精子バンクのことを勉強すればいいと思う。もちろん、嫌ならやらなくていい。だけど、僕は思うんだ。たとえ自分の精子じゃなかったとしても、僕は響子に子供を抱かせてあげたい。たとえ、僕の精子じゃなかったとしても、もし子供を授かって、響子が産んでくれたら、それは僕と響子の子供であることに変わりないんだ」

響子は目の前に出された資料を拓海の思いとして受け取った。

そして精子バンクを利用するかどうか、まずは自分も勉強して考えることにした。

拓海と共に精子バンクを訪れて話を聞き、毎日話し合った。そして響子も決断した。精子バンクを利用することを。

響子は拓海が作った精子バンクの資料を出しながら言った。

「私はそれまで精子バンクの精子で子供を作るなんて考えたこともなかったんです。精子バンクでもらう精子は他人の精子だし、それで子供が出来たとしても二人の子供だとは言えないと思ってました。だけど、精子バンクで精子をもらってでも子供を授かりたいと思って決断した拓ちゃんの覚悟は、それが自分の精子じゃなくとも、種以上のものだと思うんです」

種以上の種。

勝吾は全身の毛がふわっと浮き立つような気持ちになり、有紀と目を合わせていた。

有紀は響子に聞いた。

「最初の精子提供でうまくいったんですか？」

響子はうなずいた。

無精子症という現実を突きつけられて悩んだ果てに、決断という種と響子の卵子が受精し、新しい命が宿った。現在、妊娠九ヶ月。響子はお腹をさすりながら、ようやくここまでを吐き出せたという安心感で息をついた。拓海も額に汗をかいている。

「このこと、お互いのご両親には？」

「今はまだ言わないでおこうと決めました。僕らの子ですから」

拓海が力強く言った。

「親にも言わない夫婦の秘密を、なぜ僕らのような他人に話すんですか？」

勝吾が抱いた当然の疑問に、響子が答える。

「他人だから話せるんだと思います」

その言葉は勝吾の中で妙にしっくりきた。

他人だから。関係がないからこそ話せる。大切なことほど。

「親にも友達にも言わないと決めました。だけど出産が近づいてきて、このことを自分たちの中だけで抱えてる息苦しさもあって。そんな時に『スイーツモーニングTV』で一回目の放送をたまたま拓ちゃんと見て、涙が止まらなかったんです」

「それで応募してくれたんですね」

「そうなんです。もし会って話を聞いてくれるところまでいったら、スタッフさんには自分たちのことをきちんと話してみようって」

「だからといって、僕らに夫婦の中で抱えてる秘密まで言わなくてもいいですよね？」

勝吾が質問を投げると、拓海が答えた。

「はい。でも、響子は言ったんです。スタッフさんにはすべてを言わなきゃ選んでくれないんじゃないかって」

「僕らにそんな秘密を明かしてまで、出たいんですか？」

わざと冷たい言葉を突きつける勝吾のことを有紀は心配した。すると拓海が立ち上がって勝吾に頭を下げた。

「こんなことを響子の前で言ったらガッカリされるかもしれませんが、精子バンクで人に精子をもらって、その子が妻のお腹の中にいる。でも、この子は紛れもなく僕の子です。僕の子供なんです。だけどね、テレビでもし放送してもらえたら、僕の気持ちを最後に一押ししてもらえる気がしてるんです。たぶんね、響子も同じ気持ちじゃないかって思うんです」

拓海が頭を上げた時に、目が赤くなっているのが分かった。

そして勝吾も立ち上がり、頭を下げた。

「こんなチャンスをいただき、ありがとうございます」

勝吾は響子と拓海を見て、大きな声で言った。

「お腹のお子さんと響子さんと拓海さんが本当の家族になる瞬間、しっかり撮らせていただきます」

第四章

大神響子の出産は遅れていた。予定日を五日過ぎても陣痛の気配はなく、響子は毎日ウォーキングしながら、赤ちゃんが下りてきて早く生まれてくれることを願っていた。そんな響子に会いに行った帰り、有紀は自分の中に芽生えていた思いを勝吾に伝えた。

「私たちがやろうとしてることって、精子バンクで子供を授かった人を利用してるわけじゃないよね？」

「利用する？　何言ってんだよ。あの夫婦が応募してきたんだぞ」

「だよね。そうだよね。良かった」

有紀が言った「利用してる」という言葉がチクリと胸を刺した。瞬間、否定したが、歩きながら勝吾の頭の中で、ある番組が再生を始めた。自分がこの世界に入るきっかけとなった星野の作ったドキュメンタリー、「父さんは人を殺したことがある」。再生し始めたあの「作品」のことを思いながら、引っかかりを整理した。そして思い至った。あの「作品」で、星野はあの家族を利用して強烈なメッセージを伝えたんだと。

「有紀、俺、利用してるわけじゃないって思ったけど、やっぱり違うわ」

「え？　どうしたの？」

「俺はあの夫婦を利用してるかもしれない。いや、利用してる。番組ではさ、精子バンクの精子で出来た子供だってことは言わない。言わないけど、結局、利用してるんだと思う。だけど、どう利用するかが大事なんじゃないかな。あの夫婦がこれまで悩んで苦しんで出した決断と、そこから生まれ出てくる命を初めて抱きしめる母親と父親の顔はさ、俺らが今想像している以上の大きなパワーを持ってるはずでさ、その顔は視聴者に沢山のメッセージを伝えるはずなんだ」

勝吾の中で整理された答え。結局、テレビだろうが映画だろうが、その被写体を利用する。利用することによって何を伝えられたかが大事。それがこの時点の勝吾に少し見えたことだった。

「そうだよね。利用したとしてもその仕方だよね」

勝吾の言葉に有紀の罪悪感も溶けていった。笑みが戻った有紀の顔を見つめた勝吾は、その変化に気づいた。

「ねえ、有紀、なんかちょっと顔色悪いけど、大丈夫？」

「え？　そうかな？」

有紀も最近の体調の変化に気づいていたが、気づかないフリをしていた。


翌日。その時は来た。

響子が大きなお腹を支えながらいつものコースをウォーキングし、帰りに開店前の拓海のレストランに寄り、椅子に腰かけた時だった。下半身に今まで感じたことのない温かみを感じた。

キッチンでキャベツを切っていた拓海に響子の言葉が届く。

「破水した」

その言葉で拓海の手が止まる。この日のシミュレーションを重ねてはいたものの、包丁を持つ手が震えた。その震えを止めるように大きく深呼吸をして、拓海は携帯電話を持ち、タクシー会社に電話した。


勝吾は「スイーツモーニングTV」の全体会議に出席していた。いつもと違うことが一つあった。自分の隣にいるはずの有紀がいなかった。会社には体調不良と連絡があったようだが、勝吾には連絡がなかった。会議を欠席するなら自分にも連絡をくれるはずなのに、それがなかった。前日の顔色の悪さを思い出し、勝吾の中で違和感が生じた。会議が終わり、有紀に電話をかけようと廊下に出た時、携帯が揺れて「大神拓海」の文字が出た。

「響子が破水しました。今、病院に向かってます」

電話を切った勝吾はカメラを持ち、一人で病院に走った。

タクシーに乗り、まず有紀に電話したが留守電になった。

「響子さんが破水したんだ。今、拓海さんと病院に向かってるって。俺も今向かってるから、有紀もなるべく早く病院に来てほしい」

勝吾のタクシーが病院に着く直前、有紀からショートメールが届いた。

「体調が悪くて行けないんだ。大事な時にごめん」

なぜもっと早く連絡してこなかったのか。体調が悪かったとしても有紀は無理をしてでも仕事に来るはずだ。今回は特に。

電話じゃなくメールでそれを伝えてきたことも、不自然さを感じさせた。

だがタクシーが病院に着いたので、分娩室まで走っていくと、カメラを持つ右手に力が入ってきて、有紀への心配は押し出されて消えていった。

分娩室の前に着くと、中から明らかに響子の声と分かる女性のうめき声が聞こえた。

勝吾の到着を聞いた拓海が、分娩室から出てくる。落ち着かない視線が、動揺を伝えた。

「大丈夫です。響子さん、元気な赤ちゃん産みますから」

拓海の背中に手を当てながら、自然とそんな言葉が出ていた。

この病院では、出産する瞬間はカメラを回すことが出来ないので、分娩室の外で待っていなければならなかった。

「ここでお待たせすることになっちゃいますけど、すいません」

「僕のことなんか気にせず、響子さんのもとに戻ってあげてください」

分娩室に戻っていく拓海の背中を見送った。

勝吾はいつ生まれてもいいように、カメラを右手に持ちながらソファーに座り、分娩室の中から漏れてくる響子のうめき声を聞く。

拓海の動揺した顔を思い出した。

精子バンクの精子で出来た子供。自分の精子じゃない子供が、自分の愛する妻の体から出てくることへの恐怖はあるはずだ。

拓海さんは、生まれたばかりの子供の顔を見て、どんな顔をするんだろう。

今まで撮影してきた父親が、揃って言っていたことがあった。子供が生まれた時に、我が子を見てあることを確認してしまう自分がいたと。手と足が二本ずつあるか？　指が五本ずつあるか？　目と鼻、耳はちゃんとしているか？　さりげなく「確認」してしまい、それが確認出来た瞬間に、安堵の気持ちが芽生えていくと。

拓海さんはどうなんだろう？　生まれてきた子供を見て、最初にどう思うんだろう？　自分の種じゃない。自分の子供じゃない子供を見て、何を確認するのか？　自分の遺伝子が入っていないということを確認してしまうんじゃないか？　母子ともに健康で出産を終えるという人生最高の喜びの後に、拓海さんの中に後悔の念が浮かぶんじゃないか？

勝吾は、だからこそ思った。

「撮りたい」

勝吾の中で好奇心が強い音を立てる。そして響子のうめき声が止まった。

その代わりに新たな泣き声が響いた。

「生まれましたよ」

病院のスタッフが分娩室から顔を出して勝吾を呼ぶ。急いでカメラを持って分娩室に入ると、響子がベッドに寝たまま、生まれたばかりの小さな命を抱いている。響子の両目から涙の雫が流れていく。

拓海は響子の横で自分の顔を手で覆って泣いていた。手で隠れていたので、その泣き顔の奥にどんな感情があるのかが分からなかった。

勝吾はまずカメラを響子に向けながら考えた。

この二人の子供が精子バンクの精子で授かったことは、放送上は言ってはいけない。でも自分から投げかける質問次第で、すべてを言わなくても視聴者に何かを感じてもらえるはずだ。だからこそここで何を聞くかが大事だ。何を聞く？　何を聞くべきだ？　いや、どんな言葉を引き出したいんだ？

勝吾が構えたカメラは響子から自然と拓海に向かった。手で顔を覆って泣いている父親に。自分に似ていないはずの顔を見た父親に、あえて聞いた。

「今、奥さんから生み出された新たな命の顔を見てどう思いますか？」

拓海は手をゆっくり顔から外して、涙をぬぐいながら響子が産んだ子供の顔をじっと見つめて答えた。

「かわいいです。目元が響子に似ている」

生まれた子供が母親に似ているなんてことは、本来、幸せに溢れた言葉だが、すべての事情を知っている勝吾にはそうは聞こえなかった。新しい命が生まれてきたが、やはり自分の精子ではないという事実を確認してしまった寂しさがあり、だからこその涙なんじゃないかと決めつけた。

助産師さんがその新たな命を抱き上げて、「はい。抱いてあげて」と拓海に渡した。拓海はゆっくりと受け取り、そっとぎゅっと抱きしめた。カメラを持つ勝吾の手に力が入る。

何を言う？　何を伝える？　拓海さん、あなたは自分の精子ではない子供の顔を見て、何を言う？

頭の中だけで拓海に投げかけるようにその言葉を念じる。

拓海は新しい命の顔を見つめた。そして口を開いて大きな声で言った。

「お父ちゃんだぞ」

そう言った瞬間だった。涙が溢れる顔に、笑みが混じっていく。横で見守っていた響子の顔にも笑みが混じる。涙と笑みが交錯し、その涙が幸せに溶けていく。

拓海はその新しい命に大きな声で言った。

「来てくれてありがとうな。絶対幸せにするからな」

決意。父親になるという決意と覚悟。拓海の目と鼻からさらに涙が溢れて、声を上げて泣き出す。嗚咽（おえつ）。響子も激しく泣き出す。子供も泣いている。カメラの目の前にあったのは泣きじゃくる三人の人間。幸せの嗚咽の連鎖だった。

命の力を思い知った。

分娩室から出た勝吾は脱力していた。

とてつもなく画力の強い映像が撮影出来たことへの満足感が全身を駆け巡る。力が抜けていくと同時に有紀の顔が浮かんできた。携帯を出し、有紀にメールを打った。

「響子さん、無事生まれたよ」

そのメールの返信の代わりに、有紀から電話がかかってきた。

撮影を終えて疲れていた勝吾だったが、有紀に会うことになった。


響子が出産する一日前。勝吾に「顔色が悪い」と言われた日。有紀の頭の中に引っかかっていた、ある不安が膨らんだ。

その日、勝吾からご飯に誘われたのだが、有紀は家でやることがあるからと言って帰った。ドラッグストアで妊娠検査薬を買ってから。

勝吾と一緒に「今日、生まれました」を担当するようになってから、有紀が会ってきた人たちは子供を授かりたくて、悩んでお金もつぎ込み、やっと授かった人ばかりだった。欲しい。とにかく赤ちゃんが欲しい。そんな人たちの思いを聞いてきた有紀は、トイレで自分の尿をかけた妊娠検査薬の結果が出るまで、願っていた。「出来ていませんように」。そう願っている時に、赤ちゃんが欲しいと強く願ってきた女性たちの顔がよぎっていき、自分が逆のことを願っているその状況に、申し訳なさで、泣いた。

涙で溢れた目に、妊娠検査薬からうっすらと陽性反応の印が浮き出てきた。その瞬間「出来てしまった」と思ったことへの罪悪感で、動けなくなり、泣きじゃくって叫んだ。

「ごめんなさい」

翌日、「スイーツモーニングTV」の全体会議を休んで、産婦人科に行き、検査を受け、結果を聞いた。

有紀の目の前には、熊谷（くまがい）という名の白髪の医者がいた。丸まるとした体形で、どんな人にでも安心感を与えてくれそうな男性の産婦人科医。

その熊谷先生が、有紀に言った。

「妊娠七週目です。おめでとうございます」

熊谷は分かっている。「おめでとう」と言われたくない人もいることを。だが、授かった命に対して、どんな結果になろうとも、「おめでとう」と言うようにしている。目の前にいる女性がおそらく「おめでとう」と言われたくないことも分かっている。だけど、その命に対して「おめでとう」と言う。

有紀は熊谷先生に「おめでとう」と言われて前を向くことが出来なかった。自分の気持ちを見透かされそうで。「おめでとう」と言われたのに、喜べない自分の気持ちを悟られたくなくて。そして、自分が選ぶかもしれない一つの選択肢について聞いた。

「もし、もし中絶するとしたら、どうしたらいいんでしょうか？」

熊谷先生の顔から笑みが去っていくのが分かった。


有紀は産婦人科からの帰り、一駅分歩いた。歩きながら勝吾からの留守電を聞いた。響子が破水して病院に向かったというメッセージ。行かなきゃいけない。響子と拓海の思いを聞いたからこそ、人生の一部を自分たちに預けてくれたからこそ、行かなきゃいけないことは分かっていた。でも出来ない。それが仕事を超えた仕事で、響子たちの幸せを心から願っていたとしても、自分に降りかかった現実が足を引っ張った。

命を身ごもり、その命を捨てるという選択をすることになるかもしれない。それなのに新しい命が誕生する現場に行く勇気と精神の強さはなかった。その場にいたら泣いて壊れてしまうかもしれない。だから行かなかった。

部屋にいて泣き続けていた有紀のもとに、五時間ほどたって、勝吾からメールが来た。

「響子さん、無事生まれたよ」

それを読んで、有紀は勝吾の声が聞きたくなった。

自分でマイナスの選択ばかり考えてきたけど、もしもの場合がある。勝吾が産もうという決断をしてくれるという可能性。だから電話をかけた。

「最高の映像が撮影出来た」

勝吾の声を聞き、安心した。一人ですべてを抱えていたから。

「今までで一番の出来になりそう」

泣いていることを悟られたくなかったので、一言だけ返事するのが精一杯だった。

「そっか」

有紀の言葉数の少なさが気になったのか、勝吾が言った。

「体調、大丈夫？」

その言葉を聞いた瞬間、有紀の声に涙が混じった。

「会って話をしたいんだ」

家賃十二万円。二十五歳でもテレビ局員だからこそ払える家賃。リビングのテーブルに座っている有紀の目は腫れていた。有紀は感情を削いで絞り出すように伝えた。

「赤ちゃん、出来た」

勝吾は思い出す。有紀と初めて体を交わした日。「今日、生まれました」の撮影を初めて行った日。お互いの気持ちをぶつけ合うようにして、すべてを有紀の体に絞り出した。有紀の中に出したのはあの一回だけだった。そのあとは有紀に避妊具をつけることを求められたし、勝吾もそうした。だけど、最初の一回。それで妊娠した。

　有紀の言葉を聞いた勝吾は、イメージが湧かなかった。自分が父親になるということが。仕事がうまくいき始め、これからやりたいこと、作りたいものが出来始め、そっちのイメージはどんどん湧いていた。だからこそ、その反対にあった父親というイメージが湧かない。

　勝吾の口から咄嗟に出た言葉が。

「有紀は産みたいの？　どうなの？」

　有紀に向けた言葉。「産みたいの？」のあとの「どうなの？」が思わず強くなっていた。

「勝吾君はどうしたい？」

　有紀に聞き返された勝吾は目を逸らした。

「俺は」

　言葉が続かない。有紀は涙をこらえている。

「大丈夫。大丈夫だからね」

　涙を止めるように目を閉じた有紀が呟いた。

　命が生まれる瞬間を撮影しているのに、自分の選択は命が生まれることを拒む行為。勝吾の胸の奥には、自分で釘を打ったような痛みが走った。でも、子供が生まれ、父親になった人を間近で撮影したからこそ、自分にはその覚悟は持てない、父親にはなれないと思ってしまった。

「俺、病院行くから、一緒に」

中絶する時には一緒に病院に行くからという意味で言った言葉は、有紀には当然伝わっていただろう。勝吾の中で「俺は逃げない」という答えのつもりだった。正義のつもり。

有紀が口角をあげて、泣きながら必死に笑顔を作って言った。

「ありがとう」

五日後。勝吾は有紀と一緒に病院に行った。待合室に入ると、広くはないその部屋で三十人ほどの人たちが待っていた。病院なのだから「患者」と言うべきなのだろうが、ほとんどが女性で、しかも半数の人のお腹が膨らんでいる。お腹に「希望」が詰まっている人たち。

勝吾は撮影をする度に産婦人科に来てはいた。が、第三者として来ていたわけで、診察を受ける側として来たのは初めてだった。そこでようやく気づいた。産婦人科の待合室には、出産を心待ちにする人、望む人、産みたい人。そして堕ろす人。一つの部屋に一緒にいなければならない。プラスとマイナス、白と黒、希望と拒絶が同居しているのだ。

待合室で一番端のソファーに有紀と腰を下ろすと、隣には男性と一緒に来ている人がいた。女性のお腹は膨らんでいる。

「安定期に入って良かったー」

女性のお腹をさする男性の口から出た希望の欠片が、勝吾の耳に刺さる。

勝吾は、横にいる男性とは逆のことを望んで有紀とこの病院に来ているのだ。

その空間に自分が存在していることは、居心地が悪く、気分が悪い。早く抜け出したいと願った時。

「和田有紀様」

有紀の名前が呼ばれた。この居心地の悪い空間から抜け出すことは出来るが、急に重力が何倍にもなったかのように足が重くなった。

「行こう」

有紀のその言葉で、勝吾は立ち上がり、目の前に続く、白い光で照らされた廊下に足を進めた。白という色がこんなに怖く感じたのは初めてだった。

診察室に有紀が入り、そのあとに勝吾が続いて入った。熊谷という先生の顔には笑みはなく、かといって険しい顔を作っているわけでもない。感情を出さないその顔が、勝吾の緊張感を高めた。

熊谷先生は有紀の顔だけ見る。勝吾を避けているようにも感じた。

「有紀さんは、手術の準備があるから、スタッフについていって」

「分かりました」

有紀が立ち上がり、看護師に誘導されて部屋を出た。

診察室に熊谷先生と二人きり。勝吾にはその熊谷先生の存在が何倍にも感じられ、とにかく下を向くことしか出来なかった。

「そんなに硬くならずに」

肩を叩かれて少しだけ力が抜けた勝吾は、熊谷先生の顔をようやく見ることが出来た。

熊谷先生が初めて笑顔を見せる。

「一緒に来ることを拒む男が多い中、今日、君がここに来たことは、まず褒めてあげよう」

熊谷先生は再び勝吾の肩を叩き、さらに緊張が抜ける。

「中絶ってどんな風に行うか知ってるかい？」

緊張が一気に膨らむ。

勝吾は熊谷先生の目から自分の目を背けたい気持ちで一杯だったが、見つめて答えた。

「よく知らないんです」

「知りたいかい？」

その声は「ＹＥＳ」以外の返事を許さないトーンだった。

「僕が今日、このあと、彼女にどんな手術を行うか、彼氏として知っておいた方がいいと思うから説明してもいいかな？」

「お願いします」

他の選択肢はない。そう言うしかなかった。

熊谷先生はテーブルの引き出しから一つの器具を出した。細長い銀色の、先端がスプーンのようになっている器具。白い照明に照らされて、その器具が不気味に光る。

中絶手術とはどういうものなのか。熊谷先生はキャスター付きの椅子に太った体を預けて腰かけ直し、勝吾の目を見て説明を始めた。

「まず、和田有紀さんに麻酔をします。全身麻酔になります。静脈麻酔でね、十も数えると眠ってしまうから。そこから手術が終わるまでの十分か二十分はね、起きることはないから。安心して」

この言葉で本当に一瞬安心した。だがその安心が粉々に破壊されることになる。

熊谷先生は、自分の感情を混ぜることなく淡々と説明を続ける。

「今日、行う手術は掻爬法と言います。患者さんの子宮の入り口をヘガールという拡張器を使って広げていってね、そこからね、鉗子という、そうだね、トングのような器具と、今、僕が持っている、これ、キューレットって言うんだけど、この器具でね、子宮内のものを除去するんです」

熊谷先生の説明はとても機械的に聞こえた。

「今ね、子宮内のものを除去すると言ったけどね、まあ言い換えてみるとね、彼女のお腹の中にいる七週目の赤ちゃん。彼女の卵子と君の精子が受精して出来た赤ちゃんをね、この器具でね、掻きだしていくんです。分かっていると思うけど、お腹の中の赤ちゃんはね、まだ生きてるんです。生きている七週目の赤ちゃんをね、僕がこの器具を使って掻きだしていくんです。中絶って言うとね、薬を飲んで、しばらくしたら勝手に出てきてくれるとか思ってる男性も多いんだけどね、そうじゃないんだよ。医者がね、この器具を使って、直接命を止めて、掻きだすんだよ」

熊谷先生が、右手に持っている器具を手術の時と同じようにちょっと動かす。言葉は変わらず淡々としていたが、説明を聞く勝吾の手は震えていた。

中絶は手術。お腹の中でまだ成長している小さな命を、鋼の器具によって掻きだす。命を掻きだす。都合良く一気に出てきてくれるわけではない。熊谷先生が器具を持って掻きだす仕草を見て、勝吾は、蟹を食べる際に耳掻きのような鋼の器具を使って中の身を掻きだす瞬間を想像した。掻きだす時に、その命は器具によって引きちぎられる。潰(つぶ)される。グシャグシャにされていく。

勝吾の頭の中に浮かんだ言葉は。

「殺人」

中絶とは、医者が器具を使って人の命を殺めることなんだ……。

「たまに質問されることがある」

熊谷先生が器具を持ったまま勝吾の目を見る。

「どんな質問ですか？」

「お腹の中の赤ちゃんは痛みを感じないのか？　という質問」

熊谷先生はわざと言ったのかもしれない。それを想像させるために。

「痛いんですか？」

聞かずにいられなかった。熊谷先生は、ゆっくりと息を吐いた。

「分からない。分からないが、七週目となると赤ちゃんの頭部と体の区別がつくようになる時期かな」

人の形になり始める時期。二頭身の命の塊のイメージが勝吾の頭をよぎる。

「母親の胎内。真っ暗の中で目は見えなくても、胎児に五感はあって、痛みを感じ、恐怖心も備わっていると言う人もいる。だとしたら、二頭身の命が母親の胎内で心地よく過ごしているところに、突如、鋼の器具が入ってきて、自分の体を引きちぎろうとするということだ。羊水の中で必死に逃げようとしても逃げ場がなく、生きたまま、お腹の中で潰され引きちぎられて、掻きだされる。大切なことは、その掻きだされる命の元が君の種だということだ」

医者の手によってその小さな命は絶たれるが、自分の種がその命になった。命になるような行為をしたのは自分。熊谷先生の説明を聞いているうちに、勝吾の胃の中のものが喉元まで戻ってくる。熊谷先生は続けた。

「中絶の手術というのはね、子宮内容除去術という名前でね、この手術はね、赤ちゃんが欲しくて欲しくてやっと出来て、でも途中で流産してしまった時にする手術と同じなんだ。赤ちゃんが欲しくて、でも残念なことになってしまった人が行う手術と、赤ちゃんを授かったのに、命を拒絶して中絶する手術は同じなんだ」

命の拒絶という言葉が刺さる。

流産と中絶。結果、行う手術が同じであることを勝吾は知らなかった。「今日、生まれました」で流産を経験した人にカメラを向けたことがあった。流産という言葉には「流れる」という文字が入っているので、トイレに入った時に流れて出てきてしまうものだと思っていた。子供が欲しくて沢山の努力をして、それでもその過程で流産してしまった人が受ける手術と、有紀がこれから受けようとしている手術が同じ。

生まれてくることを願ったのに、そうならなかった時に受ける手術と、せっかく授かった命なのにそれを拒否する手術が同じ。切望と拒絶の結果が同じ。有紀にそれを選ばせたのは自分。

「君たちが決断した中絶というものがどういうものかをもっと考えてほしくて、あえて説明させてもらったんだ。そして今、君は僕の説明で傷ついてしまったかもしれない。だけど一番傷つくのは、彼女の子宮の中にある命。そしてその母。つまり彼女だからね。いつか君も父親になる時が来ると思うからあえて言わせてもらう」

熊谷先生は勝吾の肩に手を置いて言った。

「子供を授かることは奇跡。僕はその奇跡を消す。産婦人科医だが、命を殺めに行く」

勝吾は診察室を出た。胃の中のものがさらにこみ上げてくる。

熊谷先生は今から奇跡を消す。命を殺めに行く。ならばその命を殺めに行くことを望んだ、いや指示したのは誰か？　自分だ。勝吾は思い出した。あの作品を。星野が作ったドキュメンタリー、「父さんは人を殺したことがある」の中のナレーションのこんな一節。

「誰だって人を殺す可能性がある。人を殺める可能性がある。どんなに否定したところで残念ながらその可能性は全員にある。色々な形で人は人を殺めることがあるからだ」

星野があの時、番組で伝えたメッセージが今の自分に刺さった。あの時は、「俺は大丈夫。そんなこと絶対にない」と思った。

だが、自分は中絶という形で人の命を殺める。自分の種から出来た命を。

自分の種から出来たその命を体の中に宿した有紀は、今からあの冷たい銀色の器具を体内に入れられ、命を掻きだされるのだ。

今日一日、有紀が手術して家に帰るまで付き添うつもりで仕事も休んだ。

だが、勝吾は有紀のいる処置室に行けなかった。有紀に何も言わずに病院を出て帰った。

駅のトイレで吐いた。胃の中のものをすべて出した。

トイレから出ると、勝吾は逃げるように走っていった。

夜、有紀からメールが来た。

「別れよう。今までありがとう」

有紀は翌日から会社に来ることはなく、しばらくして退職届を出し、テレビ局を辞めた。

第五章

有紀が会社を辞めたと聞いて、様々な「もしも」が頭の中を駆け巡っていく。悪いシミュレーションばかりが脳を侵食する。

勝吾は、会議に出席しても一言も発しないままでいることが多くなっていった。周りの声も入ってこなかった。

有紀に一生の傷を負わせてしまったことへの申し訳なさ。有紀の体の中に授かった新しい命を、自分の意思で砕いて外に掻きだしたという罪の意識。

それ以上に勝吾の中で膨らんでいった不安は、有紀が会社を辞めた理由が勝吾と付き合い、妊娠し、堕胎したことだったとみんなの耳に入っているのではないか？　ということ。それが一番だった。会議中、みんなが自分を見る目ばかり気にしていた。

不安は恐怖に変わる。変な汗が額から滲み出る感覚を初めて味わった。

この息苦しさから抜け出す方法は一つしかないと思った。

「勝手なお願いだって分かってます。『スイーツモーニングTV』のディレクターを辞めさせてください」

勝吾はDスピリッツの社長室に入って、まだソファーにも座っていない西山に頭を下げた。時間がたてばたつほど自分の気持ちを言えなくなると思ったからだ。

「おいおい。まずは座らせてくれよ」

西山が、大きな体を革張りのソファーにグッと沈めて勝吾を見た。いつも柔和な表情をしている西山の顔から笑みが消えていき、産婦人科の熊谷先生の顔と被っていく。

もしかしたら有紀は本当の事情を局の上司には言っていて、それが西山の耳にも入っているかもしれないと勝吾は思っていた。すべて見透かされているのかもしれないと。

「お前も立ってないでそこに座れよ」

西山の顔に笑みが戻り、それは勝吾に安心を与えた。その表情と言葉のトーンから、西山は何も知らないのだと分かったからだ。

「『スイーツモーニングTV』を辞めるということは、『今日、生まれました』を今後やらないってことか?」

「はい。そういうことになります。すいません。勝手に」

「なんでだよ。あれはお前が考えた企画だろ？　なのに突然辞めたいってどういうことだ？」

西山が右手をクイクイと動かし、まだ立って話している勝吾に座るよう促す。慣れない革のソファーに座ると、臀部から吸い込まれていくような心地がして、自由に動けるはずなのに身動きが取れない感覚になった。

「もしかして和田有紀となんか関係あるのか？」

その言葉が体温を一気に吸い込んだ。西山に嘘は通用しないと勝吾は思った。

西山にはすべてを話すしかないと思った。というか、勝吾は西山だけには話したかった。自分の犯した罪を自分の中だけで抱えておくのは限界だったからだ。その時に頭に浮かんだのが西山だった。

人は勝手だ。誰にも言えない秘密を打ち明ける時は、自分のことを受け止めて優しくしてくれるであろう人を選ぶ。勝吾もそうだ。

「和田有紀と付き合ってました。付き合っていて。子供が出来たんです。僕の子供が」

勝吾の言葉は、西山の想像を飛び越えたものだったのだろう。十秒以上沈黙が続き、そして聞かれた。

「子供が出来たって、どうしたんだ？」

勝吾は、震えそうな声を絞り出した。

西山は再び笑顔を作った。それを見て、勝吾は自分の目から涙がこぼれていることに気づいた。

「分かった。とりあえず全部言ってくれてありがとうな」

「だから、番組を辞めさせてほしいんです」

産婦人科で見せられた器具が脳裏によみがえる。

「堕ろしてほしいと言ったんです」

「なんで今涙が出たんだ？　俺に言えて安心したからだろう？」

その通りだった。自分の中で抱えてきた罪悪感が解放されたから。そして西山が受け止めてくれたと思ったからだ。

自分を受け止めてくれたと思った西山から出た言葉で、安心は不安に変わる。

「俺も娘がいる。俺が親だったらお前のこと殺したいと思うだろうな」

「お前は最低のことをしたな。それは事実だ。一生背負え」

「はい。分かってます」

「分かってないよ。分かってたら、番組を辞めたいなんて言わないんだよ」

西山の言葉が熱を帯びているのが分かった。

「勝吾、お前、ディレクターは続けたいと思ってるのか？」

「はい。思ってます」

「だとしたら番組辞めたいとか都合のいいこと言ってんじゃないぞ」

西山が勝吾に顔を近づける。

「辞めるな。いや、辞めさせない。辞めるなら、この業界を辞めろ」

西山がこんな厳しい表情で言ってくることは今までなかった。

「星野、いるだろ？　この会社を立ち上げた」

「はい」

「お前も見たよな？　あいつの『父さんは人を殺したことがある』。どう思った」

「あの作品のおかげで、僕はやりたいことが見つかりました」

「だよな？　そうだよな？　あの作品は沢山の人に褒められて賞も取ったんだよ」

西山は立ち上がって勝吾に話し始めた。この会社で西山だけが知っている真実を。

「星野が作った『父さんは人を殺したことがある』。あれで星野が作るものも大きく変わったし、色んな人に褒められて賞も取って、星野の自信になった。視聴者からの感想も手紙も沢山届いたんだ。だけどな、あの番組を作って三年たった時な、あの息子さんな、死んだんだ。自らの命を殺めてな、この世を去っていったんだ」

その事実を打ち明けられた途端、勝吾の中ですべてが止まった気がした。部屋の空気も。

自分の血の流れも。西山は背中を向けたまま話を続けた。

「遺書もない。理由は分からない。鬱病の症状が続いてたとも言われた。番組を作った後もな、星野はあの家族と交流を続けていた。作品を作って終わりじゃない。一生付き合っていかなきゃいけないと思ったからだ。だけどな、息子さんだけはあまり話をしてくれなかったんだ。息子さんが亡くなってしばらくたってから、奥さんから俺のところに連絡があったよ。家に行った。クリーニング屋さんは閉まってたな。裏口から家に入って行ったら、憔悴（しょうすい）しきったマサトさんと奥さんがいてな。俺たちを見て、マサトさん、なんて言ったと思う？『番組のせいじゃないですから。決して。全部は私なんです。私がいけないんです』ってな。そう言ったんだ」

背中を向けて話を続ける西山の言葉が上ずって、後ろからでも涙をぬぐっているのが分かった。

「星野はな、自分を責めたよ。あの番組を作らなければ、息子さんは死ななかったかもしれないって。俺だってそう思う。あの番組を作ってなければ、多分、いや絶対死ななかった。星野と一緒に作った番組が人を殺したんだ。結局」

勝吾は知りたかった。その結果、星野はどうしたのか。それがきっかけでカメラを置いたのか？　聞く前に西山は話してくれた。

「星野は一ヶ月ほど自分で考えてな、そんで、俺のところに来て話したよ。『息子さんの死を無駄にしないために、俺は変わらず作る。撮る。これでやめたら、一番無意味だと思う』って言った。最初俺には理解出来なかったよ。だって、このまま作り続けたらまた誰かを傷つけることになるかもしれないんだから。そしたら星野は言ったんだよ。『カメラを向けて誰かに何かを伝える以上、それは誰かの人生を変えるんだ。それで幸せになる人もいれば不幸になる人もいる。ただ、その結果、人を不幸にした作品が誰かの人生を前向きに変えることだってある。だから決めたんだ。俺が出来ることは、変わらず撮り続けることなんだ』って。号泣しながら。俺に宣言した」

話を聞いている間、ずっと息が詰まりそうだった。

「勝吾、お前が今まで撮ってきたものは放送して終わりじゃない。分かるか？『今日、生まれました』でお前が撮影した夫婦の人生は、放送したあともずっと続く。番組で流したことで幸せになった人もいれば、後悔することになった人もいるかもしれない。だけど、後悔した人の放送回で希望をもらった人もきっといる。お前が作ってきたもの、放送したものは一生お前が背負うんだよ。だからな、お前の人生に起きたことで簡単に番組を辞めるとか言うな。逃げるな」

番組を作ってその後のことまで責任を背負う人なんかほとんどいないかもしれない。だけど誰かの人生に介入し、カメラを向けて作品を作り放送するということは、その人の人生をどこか捻じ曲げることなのだ。

「勝吾、お前が最初に撮った番組だってそうだ。ホームレスの夢。あれでメインになってたボブさん、公園からいなくなっただろ？　あの人がいなくなってどうなったか考えたことあるか？　あの人は今何してるかっていつ考えた？　もしかしたらお前の作った番組のせいで、死んでる可能性だってあるんだ。人の人生を番組にするってそういうことなんだよ」

自分の作品が人を不幸にしたかもしれない。自分がその人のその後の人生を考えてカメラを向けていたかというとそうじゃなかった。

西山の話はそこで終わりではなかった。

「勝吾、お前の父親と母親はまだ生きてるよな？」

「はい、生きてます」

「俺はな、四十の時におふくろが癌で死んだんだ。それまでドラマや映画で母親が死んだ話で泣いたこともあった。だけどな、自分の母親が死んだあとにまた同じドラマや映画を見た時、泣けるところが違うんだ。母親の死を経験した人が作った作品だと、その悲しみに共感するところがもっと増えたんだ。これってな、悲しみの色が増えたってことなんだ。人生には色んな別れがくる。年を取ると涙もろくなるなんて言うだろ？　これってな、色んな悲しみの経験によってその色が増えるからだと思うんだ。つまりは俺が何を言いたいかっていうとな」

西山は再びソファーに座って勝吾の目を見た。

「お前は今まで経験しなかったことを今回経験して、悲しみや恐怖、不安、色んな色が増えたんだ。ドキュメンタリーを撮影するディレクターにとって感情の色が増えることは武器だ。お前が、今回、経験したことを無駄にしないためにはどうしたらいいか？　一つしかない。撮り続けることだよ。医者に、子供を堕ろすってことはどういうことかって説明されてな、彼女の前から逃げてな、そのせいで彼女は会社を辞めたんだ。だけどそんなお前がな、逃げずに、これから子供を産む女性にカメラを向ける。命に対して色の増えたお前が撮るものはきっと変わる。辛いよ。辛いに決まってる。だけどそこから逃げないことがお前がすべきことじゃないのか？　なあ？」

自分は有紀を傷つけ産婦人科から逃げてきた。このまま番組からも逃げようとしている。そんな勝吾に対して西山は続けた。

「星野は言ってたよ。『負の経験がその人の才能になることもある。だからこの世界はおもしろい』ってな」

勝吾は立ち上がり、頭を下げた。

「番組、続けさせてください。自分なりの責任を取って作り続けます」

西山は笑った。その目に悲しみは滲んでいなかった。

「せっかくだからお前にもう一つ、星野が言ってたことを教えてやろう」

「なんですか？」

「星野は客観力の天才だった」

「客観力ってなんですか？」

「自分を客観で見る力だ。あいつは一人で撮影している時も、常に二台のカメラがあったんだ」

「一人で撮影してるのに、なんで二台あるんですか？」

「一台は自分が手に持っているカメラ。これは主観だ。自分が撮りたいものを自分の気持ちで撮る。もう一台はそんな自分の上を飛んでいる感じらしい。撮影している自分を客観的に見る。カメラを向けている自分と向けられている相手。それをもう一台のカメラが上から撮影していることを想像する。そうすると自分の主観だけじゃなく、客観的に自分を見られるそうだ。これからお前もそれを意識した方がいい」

勝吾はすべてが理解出来たわけではなかったが、感覚的には分かる気がした。

勝吾はもう一度、西山に頭を下げて、今後も続けていく気持ちを伝えた。部屋から出ていこうとすると、勝吾を呼びとめて西山は言った。

「彼女が病院で手術した日のことを忘れるな。毎年、その日に手を合わせろ」

勝吾は自分に言い聞かせるように「はい」と返事をして、出ていった。

翌週。「今日、生まれました」の撮影日を迎えた。有紀とのことがあってから初めての撮影だった。分娩室の前で待っている時、手が震えた。産婦人科に来ただけであの日のことを細胞が思い出すように、フラッシュバックする。

今、分娩室の中にいるのは新たな命を生み出そうとする人。その人にカメラを向けるのは命を拒否した人。

助産師さんが「生まれましたよ」と言った瞬間、大粒の汗が額から転がっていくのが分かった。勝吾は一瞬目を瞑り、西山に言われたことを思い出した。自分を撮るカメラを上に飛ばしてみる。

客観的に自分を見ようとすると、不思議と緊張ごと上に抜けていく感じがした。

以前は新たな命を授かったばかりの人に対して、素直に聞きたいことを聞けたのだが、命を一度拒否した罪悪感がぬぐえない今は、絶対に気持ちが濁る。自分が聞かなきゃいけないと思うと焦って濁っていく。

だけどもう一人の自分が上にいて、その自分が聞きたいことを、下にいる自分が聞けばいいのだと思うと冷静になれた。

毎週、「今日、生まれました」の撮影を重ねて、自分の主観と罪悪感に引っ張られることが少なくなってきた。

感情的になりすぎない分、目の前の幸せに対して冷静に距離を保てるようになった。

三十歳を過ぎた頃には、勝吾は十を超えるドキュメンタリー作品を撮っていた。勝吾の名前はドキュメンタリー界では「癖のあるドキュメンタリーを作る若者がいる」と広がり始めていた。

「そろそろ自分の撮りたいものあったら企画書、書いてみてもいいぞ。なんか興味あるテーマないのか？」

「あるんです」

「どんなテーマに興味があるんだ？」

「発達障害についてです」

自分の中で育ち始めていた興味の種。勝吾の答えに、西山は驚いた。勝吾は次のステージに上がれる予感がした。

「企画書書いてみろ。いい企画だったらなんとか予算持ってくるから」

その三ヶ月後、撮影は始まり、それから半年たって、放送された。タイトルは、「僕は発達障害だけど絵がうまくない」

番組では二人の発達障害の高校生を追いかけた。A君は小さい頃から絵を描く能力がずば抜けていて、すでに画集も発売し、メディアで取り上げられることも多い。そしてB君もA君と同じ年齢の高校生で発達障害がある。B君は絵がうまくない。絶対音感もない。芸術・美術に特化した才能があるわけでもなく、記憶力が人よりいいわけでもない。

勝吾は発達障害の子たちを取り上げるテレビやメディアなどを見ていて、ずっと持ち続けていた違和感を自分で形にしたかったのだ。発達障害の人は、学習障害などがある代わりに、絵や音楽の能力、何かの能力に秀でているように扱われることがよくある。だけど、障害があろうがなかろうが、勉強が出来る人もいれば出来ない人もいる。運動が得意な人もいれば得意でない人もいる。すべてが平均的な人もいる。発達障害の人の中でも色々な個人差がある。発達障害があっても、何かに特化した能力を持っていない人だっている。

なのに、発達障害なんだからきっと何かの能力があるんだよと簡単に期待する人がいる。そうやって勝手に期待されることが、どれだけその人を生きづらくしていることか。

それを訴えた。

B君は番組の最後に言う。

「僕は特別なことは何も出来ないので、期待しないでくださいね」

勝吾の作ったこの番組は、その年のドキュメンタリーの賞を獲得した。その結果は勝吾にさらなる自信を付けさせた。

生きていく中でちょっと覚える違和感。そんな違和感を見過ごしたり、その違和感の正体を知ることのないまま進んでいく人が多いが、勝吾はちょっとした違和感を、一歩止まって客観的に自分の中から取り出して、その正体を暴こうとする癖がついていた。それが作品に繋がる。ドキュメンタリーディレクターとしては大きな武器。

そんな武器を手に入れることが出来たのは、有紀の体に授かった命を拒否してしまった経験があったからだった。

勝吾が賞を取り、名実ともにDスピリッツのエースディレクターとなったこの年、経理として一人の女性社員が入ってきた。

「西山希美(のぞみ)です。分からないことだらけですが、よろしくお願いします」

勝吾の四つ年下の女性。Dスピリッツの社長、西山の娘。それが希美だった。

希美は高校の時、ロンドンに留学した。日本に戻ってきてから、西山の力を借りることなく広告代理店で働いていたのだが、子供の頃から父親の仕事を見ていた影響でドキュメンタリーの制作に興味があり、会社を辞めてDスピリッツに入った。

西山は自分の娘がDスピリッツで働くことには気が進まなかったが、希美の強い気持ちに反対し切れずに、許可した。

希美は入社してから経理の仕事だけでなく、雑用仕事も進んでこなした。

過去の資料が溢れて収拾のつかなくなっていた資料室も、希美が一人ですべて整理した。

社員の中には最初、希美にやっかみの気持ちを持つ者もいたが、希美の姿勢を見ているうちにすぐにそれはなくなり、みんな希美の人間性に惚れていった。

希美は仕事が終わると、この会社で過去に制作した作品を毎日見ていた。

やはり。

星野と勝吾が作る作品に惹かれた。

特に、勝吾の作る作品に惚れた。

第六章

人気芸人コンビ「入鹿（いるか）兄弟」。

兄の一太は四十一歳。弟の三佑は三つ下の三十八歳。東京の江戸川区に生まれ、女手一つで育てられた彼らは、中学の頃から「不良」というカテゴリーに入れられる。特に兄の一太は高校の頃からギャングチームに入り、十八歳の時にライバルチームとの抗争で人を半殺しにし、逮捕されて少年院に入る。それがきっかけで、母親、節子（せつこ）も職を失い、生活は苦しくなった。

少年院から出てきた一太を迎えに来た三佑は言った。

「兄貴が逮捕されてからな、母ちゃん、仕事もなくなって毎日泣いてた」

茶髪だった三佑の髪が黒く染まっていることに一太は気づいた。

「兄貴、もう悪いことはやり飽きたっしょ？」

「まあ、確かにそうだな。でも、かと言ってやりたいこともない」

「俺と一緒にさ、お笑いやらない？」

「お笑い？」

一太十九歳、三佑十六歳。二人は「入鹿兄弟」のコンビ名で東京の大手お笑いプロダクションのオーディションを受ける。

一太も三佑も顔は悪くない。というか、子供の頃から色気のある顔をしていた。不良を卒業したとしても、その匂いは残り続けるものだ。そしてそれは武器にもなる。

兄の一太は小さな頃から言葉のチョイスが良かった。一太が五歳の頃に死んでしまった父は、本を読むのが好きだった。家には亡くなった父の本が残っていた。一太も三佑も、ほとんど顔を覚えていない父親が残した本をずっと読んできた。決して勉強が出来る方ではなかったが、小学生の頃から大人びた言葉を使い、その言葉のセンスで学校の仲間たちを笑わせていた。

入鹿兄弟はオーディションに合格し、それから新人の登竜門である渋谷の劇場の新人コーナーに出演した。すると、その容姿と危険な匂い、言葉のセンスの良さで若いファンが付いた。

数年たつと、テレビの世界からも注目されて、ブレイク確実と騒がれたが、売れそうだと言われるコンビが百組いても、そこから本当に売れていくのは一組いるかどうかだ。力にくわえて運が必要になってくる。入鹿兄弟は、勢いのある若手として深夜の番組に準レギュラーで出演するようになったが、運悪く半年で終わってしまった。

一太はまだ不良の魂が抜けていなかった。納得のいかないことがあると年上のスタッフとも平気で喧嘩してしまうのだ。

テレビのネタ番組にはネタ見せというシステムがある。テレビ局の会議室などに若手を集めて、スタッフや放送作家がネタをチェックしていくのだ。オーディションのようなもの。

このネタ見せ、ほぼ笑いは起きない。

その中で芸人はテンションを上げてネタを見せていかなければならないのだ。ネタを見ながらあくびをしたり、スマホをチェックしていたりするスタッフも少なくない。そこもこらえて笑えるネタを見せなければならないのだ。

一太はテレビ局でのネタ見せの度に、そういう大人たちの態度に腹が立っていた。一太が怒ると右の眉が上がるのを三佑は知っていた。自分たちがネタを見せた後に、プロデューサーが上から目線で笑いを語ってきた時に一太の右眉が上がる。その時に、三佑は一太の肩にさっと手を乗せて「落ち着け、兄貴」と念を送る。大体はそれでしのいできた。

だが、ある番組のネタ見せの時だった。

男性ディレクターと女性プロデューサーと放送作家、三人が見ていた。ディレクターはまったく笑っていなかったが、ネタが終わると、

「おもしろいと思うよ。いいセンスしてる」

三佑は笑顔で頭を下げた。

「ありがとうございます」

すると女性プロデューサーだけが首を傾げた。

「私はそうは思わなかったな」

背中まである髪の毛をかきあげながらハッキリと言ってきた。この女性プロデューサーは横野美保といって、「スイーツモーニングTV」から異動してきた女性だった。

人気番組「スイーツモーニングTV」は朝の時間帯では若い女性から最も支持される番組になっていた。横野は独身の三十二歳で、情報番組班からバラエティー班に異動してきたプロデューサーだった。バラエティー班の調子が良くなく、だからこそ異動してきた人材だった。

横野は、再び髪の毛をかきあげながら言った。

「いや、分かるよ。センスあるのは私も分かるんだ。だけどさ、入鹿兄弟のネタってさ、男臭いって言うか、男が笑うのは分かる。だけどさ、日本のカルチャーって結局、女子からす

べて発信するわけだから、女子ウケしないとテレビでは通用しないと思うんだ。ほら、せっかく、顔もまあまあいいわけだし、だから全身、黒の服とかやめてさ、ポップな雰囲気とか出してさ、ネタもセンスいいのは分かるんだけどさ、ほら、このネタから流行りそうなギャグとか、そういう感じがないとさ、私はキツイと思うんだよな」

横野が発言している時、一太は右眉どころか両眉がつり上がっていた。三佑は一太の肩に手を置いたが、一太は横野に向かって言った。

「うちら、女子に受けようと思ってネタとか作ってないんすよ」

一太のその言葉を横野は鼻で笑った。

「だったらさ、テレビ向いてないよ。もったいないなぁ〜」

一太は横野に近づいて言った。

「もったいないとかどうでもいいんですよ。おもしろいかおもしろくないかの二択だったら、どうなんすか？」

一太はほぼ喧嘩腰の物言いで嚙みついた。だが横野も番組をヒットさせる中で、修羅場はくぐってきている。若手芸人が怒って威嚇してきたところで、表情は変えなかった。

「いや、だからね、センスはいいと思う。でも、二択でね、おもしろいかおもしろくないかで言われると、どうだろう？　おもしろいか苦手かで言われると苦手。なぜなら女子ウケしなそうだから」

「女子ウケするものがあればいいんですね」

「うん。そうしたら私好きだと思うな〜」

「じゃあ、女子ウケするもの、入れますよ」

一太は横野にさらに近づき、ベルトを外して、革のズボンを脱ぎ、黒のパンツをズリ下げて、股間を丸出しにして叫んだ。

「結局、女子ってなんだかんだ言ってチンコ好きじゃないですか。あんたも好きでしょ？　チンコ。だから女子ウケのために、俺、チンコ出してネタやりますわ。それでいいっすよね」

横野は悲鳴を上げて、椅子から落ちた。ディレクターと作家が立ち上がり、一太に駆け寄ろうとした時に、三佑が一太を羽交い締めにして、会議室を出ていった。

この行動が問題になり、入鹿兄弟はこの局の出入りがＮＧとなった。そして、コントロールのきかない危険な若手コンビとのレッテルが貼られた。

劇場でのネタはウケるがテレビの仕事は来なくなった。

入鹿兄弟は、テレビに出なくてもおもしろいネタだけは作ってやろうと、ネタの本数を増やし、単独ライブも年に二回は開催した。その結果、年数とともに二人のネタのクオリティーは上がっていき、芸人仲間やお笑い好きからは注目されていった。

　ただ、テレビでブレイクすることはなかった。


　一太が三十歳、三佑が二十七歳。お笑いを始めて十年以上がたった。居酒屋に三佑を呼び出した一太はウーロンハイを飲みながら言った。

「なあ、三佑、俺らお笑い始めて十年以上たったな」

「え？　あ、うん。どうしたの、兄貴」

「俺ら、おもしろいかな？」

「え、おもしろいでしょ」

「おもしろいのに、なんで売れてない？」

「それが分かったら、売れてるでしょ」

「いやな、売れてないってことはおもしろいと思ってる人が少ないってことじゃねえか」

「そうなのかな？　え？　いや、あの兄貴、どうしたの？　大丈夫？」

　一太はウーロンハイを飲み干し、店員にお代わりを頼んだ。

「こんな安い居酒屋で値段気にしながら飲むの、もう飽きたよな？」

「そりゃ、そうでしょ。っていうか兄貴、大丈夫？」

「三佑、お前、売れたいよな？」

「そりゃ売れたいけど」

「売れたいんだな？」

一太は確認するように聞いた。

「売れたいよ」

「それ聞けて良かった」

二杯目のウーロンハイがテーブルに置かれると、一太はそれを持ってきた女性店員に聞いた。

「お姉さん、僕らのこと知ってます？」

店員は足を止めて、二人のことを見つめた。

「あ、すいません。有名な方なんですか？　すいません」

店の奥に消えるように去っていった。

一太はウーロンハイをグビッと喉に流し込んだ。

「あのさ、三佑、俺たちはおもしろくないんだと思う」

「え？　どうして？」

「ネタはおもしろいかもしれない。だけどな、やっぱりな、生き方がおもしろくない」

「生き方？　どういうこと？」

「これだけネタのクオリティー上げても、話題にならないってことはな、作戦を変えなきゃいけない。生き方のおもしろい芸人になろう。それを見せつけよう」

「え？　言ってること全然分からないんだけど」

「今後、劇場出る回数をなるべく減らそう。それでな、街の人笑わせよう」

「街の人ってどこの人？」

「だからお前と一緒に街に出るだろ？　で、会った人に声かけて片っ端から笑わせていく。それを後輩にビデオに撮ってもらって、毎日、ネットにアップしていこう」

「え？　なんでそんなことすんの？　意味あるかな」

三佑の言葉を遮るように一太は自分のプランを話した。

「ただ、笑わせるだけじゃダメだと思う。俺たちにもリスクがないと。お前、貯金あるか？」

「ないよ。分かってるでしょ？」

「俺もない。三十歳で貯金ゼロ。そんな俺たちがな、明日から、街の人に声かけて、一分以内に笑わせる。ただし、一分で笑わなかったら、俺たちが自腹で一万円払う」

「え？　自分たちで金払うの？」

「そうだよ。自腹で払う。毎日、十人は声かけて、笑わせる」

「え？　もし十人笑わなかったら一日十万円払うの？」

「百人笑わなかったら百万」

「そんなのバカじゃん」

「今なんて言った？」

「バカだって言ってんの」

「そうなんだよ。バカなんだよ。そんなことすんのバカなんだよ。だけどな、これまで十年やってきておもしろいネタを作ってるつもりでも、世の中の人におもしろいって言われないだろ？　だからな、周りから見たらバカじゃねえのって思われることやるしかないんだよ。芸人としてバカな生き方してんなって思われるところを見せつけないと変わらないんだよ。やっぱりな、悔しいよ。悔しい。いつかあの女プロデューサーにさ、入鹿兄弟おもしろいねって髪の毛かきあげながら言わせたいだろ？　だからさ、もうこれが最後のチャンスかもしれない。これをやって俺ら、借金背負うかもしれないけど、これしかないんだ。三佑、一緒にやってくれ」

　そう言い切ると一太はウーロンハイを飲みきった。この十年、自分たちのことをおもしろいと思って走ってきたけど、テレビの世界ではそうジャッジされなかった。自分たちよりおもしろくないと思っていた芸人が売れて、テレビに出ていい部屋に住んで、ちやほやされている現実を、一太は嚙みしめて生きてきたんだということが、三佑には分かった。普段そういうことを一言も漏らさない分、心の中に溜めてきたのだということに初めて気づいた。

「兄貴、分かった。やろう。やっぱりさ、おもしろいと思われたい。いや、っていうかおもしろくなりたい」

「そうだよな。俺たち、もっとおもしろくなろうぜ。明日からやろう」

「分かった。でもさ、とりあえず明日の分の金、どうしよう」

「そこなんだけどさ。俺、カードの限度額一杯なんだよ。お前、金融で借りてきて」


一太が住んでいる三軒茶屋の駅前からその企画は始まった。入鹿兄弟のライブなどを構成している若手放送作家、墨田（すみだ）がカメラを回す役。

三茶のキャロットタワーの前に、入鹿兄弟が立ち、カメラに向かって一太が話し始める。

「どうも、入鹿兄弟です。僕ら芸人やってます。僕らのこと知らない人がほとんどだと思いますが、今日から毎日映像をアップします。えっと、今、三茶にいるんですが、これから毎日、目に入った人に声をかけて、一分間もらいます。そんで、僕らが笑わせます。もし笑わなかったらその人に一万、払います」

三佑が金融で借りてきた十万円を手にしてつぶやく。

「バカでしょ？　俺ら」

「さあ、行きましょう」

と、歩き出した二人と最初にすれ違ったのは買い物帰りの六十過ぎの小太りの主婦。

「あの、すいません、僕ら入鹿兄弟って、お笑いやってるコンビなんですけど」

一太が主婦に説明をする。その主婦は、最初こそ忙しい的空気を出していたが、一万円もらえることを聞いた瞬間、

「忙しいから早くしてね」

と付き合ってくれることになった。記念すべき一人目の客。

入鹿兄弟は一分のネタをやった。劇場では鉄板のネタ。街中で全力で声を出してやった。

カメラを回す墨田が、ストップウォッチで一分を計測。

「一分たちました。終了です」

入鹿兄弟の全力のネタに、主婦が笑うことは一回もなく終了の声が響く。

「おもしろくなかったですかね？」

三佑が聞くと、主婦はポツリと答えた。

「よく分からなかった」

三佑が一万円を差し出すと、主婦はニヤリとして一万円を手に取り、去っていった。

初日は十人に声をかけた。全力でやったが、ただ笑わない人もいれば、一万円もらえるのだからと笑いを我慢したサラリーマンもいた。九人目までは通用しなかった。だが、十人目の女子高生が笑った。たった一人。

それを翌日、ネットにアップしたが話題にならなかった。

いきなり九万円のマイナスで話題にもならず。

落ち込む三佑に一太は言った。

「九万も払って話題にもならない。これっておもしろいよ。それとな。笑ってくれた女子高生一人いたよな？　笑ってくれたあの子のためにも、がんばろうぜ」

この挑戦を毎日続けた。しばらく続けて、街中で笑わすということのコツを摑んだ二人は、ネタだけでなく、今まで決してやってこなかったタレントの物まねや、即興の一発ギャグなども披露した。

これによって入鹿兄弟は自然と芸人としての力をつけていった。とは言え、笑わない人もいる。結構いる。

六ヶ月がたった。毎日チャレンジし続けた結果、マイナス金額は二百七十八万円になっていた。これは世の中からすれば紛れもなく馬鹿と書いて馬鹿である。

金融の限度はすぐに来た。

二人は日雇いのバイトも始めた。そのバイトの光景もカメラで撮影し、アップする映像に入れ込んでいった。汗水垂らして稼いだ金を持ってきては、また街中で笑わせることに挑み、一万円を見ず知らずの人に払っていく。馬鹿な行為。馬鹿だけど馬鹿を続けると、それは可愛げのある馬鹿馬鹿しさに昇華していった。

マイナス金額が増えていくと同時に、ネットでの再生数は増えていき、お笑い好きのライターたちはブログで、入鹿兄弟のことを「生き様で笑わせる」と評価していった。

引くに引けなくなった二人は、芸人仲間にも金を借りまくってチャレンジを続け、八ヶ月がたった。マイナス金額が四百万円台に入ろうとした頃。

突然、ゴールデンの人気お笑い番組から声がかかった。その番組のMCをしている大物芸人が入鹿兄弟の映像の噂を聞き、実際に見て気に入り、番組に呼びたいと言ったからだ。

入鹿兄弟はその人気番組に呼ばれ、今までの映像を見せて、その場でネタを披露して、大物MCに噛みついた。

「このまま売れずに借金五百万超えたら、あんたの車盗んで売り飛ばすからな」

スタジオにいた芸人やタレントたちも、入鹿兄弟の生き様に手を叩いて笑うだけでなく、ネタのクオリティーとフリートークの言葉のチョイス、すべてを評価した。

日々、現金をかけて人を笑わせる人生を選んだ彼ら。毎日追い込まれて借金が増えていく彼らは、ゴールデン番組での大物MCとの絡みであっても、怯(ひる)むことなどまったくなかった。ただでさえ人生追い込まれて生きてきたのだから。

一回の番組で芸人の人生なんて簡単に変わる。

この番組出演を機に、入鹿兄弟を出入り禁止にした局でさえもそんな過去を忘れて声をかけてきた。ネタ番組、トーク番組、大喜利番組。出ては結果を出していき、一太三十五歳、三佑三十二歳の時には二人の名前が付いた冠番組も深夜帯で始まった。

売れてからも入鹿兄弟、特に一太は生き様を見せる芸人でありたいと思い続けた。

三茶で街の人を笑わせようと挑戦を始めたあの日。たった一人笑ってくれた女子高生がいた。あの女子高生に会いたいとテレビ番組で企画にした。その女子高生は二十三歳になり、看護師をしていた。

スタジオで再会した一太は「あなたがあの時笑ってくれたから、僕らはここにいるんです」と言い、「もし良かったら結婚を前提に付き合ってください」といきなり言い出した。

看護師は最初こそ困惑していたが、そこからメールのやりとりをし、一年後に結婚した。

プロポーズから結婚式まで、すべてを見せて、笑いに変えた。生き様で笑ってもらおうとした。

それから数年がたち、一太は四十歳、三佑は三十七歳になった。二人は人気芸人となり、レギュラー番組は十本を超えていた。芸人仲間からもおもしろいと言われる芸人だった。

ある番組の収録に行った時。局の廊下を歩いていると、反対側から一人の女性が歩いてきた。その女性と会うのは二度目。離れていても分かった。その女性が、過去にネタ見せで採めたプロデューサーの横野だということが。

あれから相当な歳月がたっているのだが、横野だと認識出来た。向こうはスマホを見ながら歩いていたので、一太を認識していなかったのかもしれないが、スマホをおろして正面を見た時に表情が変わった。一太がいることに気づいたのだろう。

一太は、自分たちが芸人としてブレイクしてから、どこかで横野に会うだろうと思っていた。だけど、思ったより時間がかかった。もしかしたら横野は一太に気づいて避けたこともあったのかもしれない。

横野が気づかないフリをしたのが分かった。それが答えだった。すでに横野は制作から外れて事業部で仕事をしていると聞いたことがあった。

一太と横野の距離は縮まっていく。横野が自分の横を通りすぎようとした時に、一太は足を止めて言った。

「ご無沙汰してます。横野さんですよね？」

横野も足を止めた。顔から気まずさが滲み出ている。

「はい。そうです」

横野は振り返って一太を見た。目が合った。あの会議室以来。

すると一太は、頭を下げた。

「あの時はすいませんでした。色々失礼して。あの時があるから今があると思ってます」

横野に向かって深々と頭を下げた。それを見た横野も頭を下げた。

「ご活躍、心から応援しております。今日、ここでお会い出来て良かったです」

頭を上げた一太は、スタジオに向かった。

横野に対して、決して嫌みでお礼を言ったわけではなかった。横野への怒りは確かに自分の行動のパワーになった。憤りは大きなエネルギーとなる。この世界に入って一番腹が立った人を見返してやりたいと本気で思っていた。「入鹿兄弟おもしろいね」って髪の毛かきあげながら言わせたいと思っていた。だが、それをエネルギーにして、立ちたかった場所に立った時に、気づいてみると、その憤りは小さな感謝に変わっていた。それは言い換えれば余裕、かもしれない。

横野を目の前にした時に、頭を下げずにいられない自分がいたのだ。

そんな自分を、一太は笑った。


入鹿兄弟は、大人の男性に人気があったため、ビジネス雑誌のインタビューを受けることも多かった。ある雑誌のインタビューを受けた時だった。これまでの人生を振り返りながら、今後芸人としてやりたいことを語った。

「今後、やりたいことはありますか？」

ライターにそう聞かれた一太は答えた。

「やっぱり生き様を見せていきたい。ドキュメンタリーとかもやってみたいですね」

「それは作りたいということですか？」

「作りたいというか、まあ自分が対象でありながら、笑えるドキュメンタリーをやってみたいなと思う気持ちはあります」

そして、ライターが最後の質問を投げた。

「今、おもしろいと思う人は誰ですか？」

「まあ、おもしろいと思う人やリスペクトする芸人さんは沢山いるんです。だけどね、今、僕が一番気になってるというか、おもしろいと思う人が一人いて。僕、ドキュメンタリーが好きでよく見るんですけど、この何年かでおもしろいなーと思うドキュメンタリー見ると、必ずそこにね、あるディレクターの名前が出てくるんです。真宮勝吾って。会ったことないんですけど」

一年に二作品ずつのペースで撮影していた勝吾だが、作る度に賛否両論を巻き起こし、西山はクレーム対応に追われる日々。

だが、確実にドキュメンタリーディレクターとしてはトップに食い込んでいた。

ある日、勝吾はDスピリッツの自分のデスクで、その日五箱目のタバコを開けていた。目の前のパソコンでは動画が再生されている。人気芸人「入鹿兄弟」のブレイクのきっかけとなった動画。街中で笑わせることに挑戦して、笑わなかったら一万円を渡すという企画。数年前から、おもしろい動画があると言われていたが、見る気になれなかった。が、経理の希美から言われたのだ。

「おもしろいと言われてるものを見るのも勉強ですよ」

こんなことを勝吾に言えるのは、社長の西山とその娘である希美くらいだった。

勝吾に注意したり口を出したりする者は、ほとんどいなくなっていた。

自分の作品はおもしろいと自信を持っていたし、寝る時間も削っておもしろい作品を作ることに人生を賭けていると思っていたからこそ、この頃の勝吾は、一流の作り手だけが手にする風格と、それと同時に面倒くささも身につけていた。

そんな勝吾が希美の言葉に耳を傾けるのは、社長の娘だからじゃない。希美の作品への感想は、勝吾自身も気づいていない作品の力や欠点を教えてくれたからだ。時として、それは勝吾をいらつかせることもあったが、しばらく考えてみると、それが腑に落ちることも多かったのだ。


次の企画を考えている時に希美に言われた。

「入鹿兄弟が前に作った動画、見たことあります？」

「聞いたことはあるけどないな。俺が見るべきものでもないでしょ」

「でも、見たら勝吾さん、絶対何か感じるものあると思いますよ」

そう言われて「俺、興味ないけど」という顔をした。その後の言葉に勝吾は腹が立った。

「おもしろいと言われてるものを見るのも勉強ですよ」

逆に見てやろうと思った。見て「勉強にならなかった」と言ってやりたいと思う気持ちが90％。だけど、いつも自分では気づかない作品の良さを教えてくれる希美が、ここまで言ってくることも珍しいので、好奇心が湧いた。

のだ。
見ながらタバコの本数が増えていた。おもしろかったからだ。おもしろくてイライラした
気づくと、一週間かけてほとんど見ていた。
とりあえずデスクで一本だけ再生した。

見終わった勝吾は希美のところに行った。

「見たよ。入鹿兄弟」

「どうでしたか？」

「まあ、俺が作るものではないけど、一個の形としてはありだなと思った」

決して「おもしろい」と言わないところが勝吾らしいと希美は思った。この言葉は勝吾にとって「見て良かった。ありがとう」ということなのだと希美は解釈した。

「次に作りたいもの、もう決まりましたか？」

「まだかな。まあこないだのやつが、ほら、なんか腹立つ形になったからさ」

「そうですね」

勝吾が作ったドキュメンタリー作品。それは「喫煙」についてだった。

普段、健康診断など受けない勝吾が、西山に強く言われて人生初の健康診断を受けた時に、タバコの本数を指摘された。

「タバコを減らしてください」

タバコが体に悪いというのは世の中の常識となっているが、病気にでもならない限り、喫煙者にとっては身に染みなかったりする。健康診断を受けた時に、担当医に聞いたのだ。

「タバコってそんなに体に悪いんですかね？」

すると医者は鼻で笑って答えた。

「当たり前でしょ」

その時、勝吾の中で喫煙をテーマにしたドキュメンタリー作品が思い浮かんだ。

医者百人に「タバコって本当に体に悪いんですか？」と質問する。そして医者百人の答えをVTRにまとめて、ヘビースモーカー百人にそのVTRを見せて、「タバコをやめる」という人が何人いるかというもの。

実験的ドキュメンタリーである。その企画を提案すると、西山は「おもしろい」と作ることを即決した。それを放送する局も決めてきてくれた。

実際に医者百人にカメラを向けてタバコのことを聞いてみると、百人中百人が「体に害がある」と答えた。

そして、それをまとめて、ヘビースモーカー百人を会議室に集めて見せた。最初はニヤニヤして見ていたが、途中から彼らの笑顔がなくなっていった。

見せてから一週間後、会議室にその百人を集めた。

「あれから一週間です。タバコを一本も吸ってない人？」

そう聞いたら。

手を挙げた人はいなかった。

勝吾の中では結果まで含めて非常に手応えのある作品になった。が、作品が完成してから、局から連絡が入った。

「完成した作品を見たけど、上層部からストップがかかった」

タバコを販売するメーカーは、局のスポンサーをしている。出来上がった作品を見て、局は放送することをびびり出したのだ。

勝吾は笑った。その結果まで含めて、タバコというものが日本の社会においてどういう存在であるかを象徴していたからだ。

結果、放送されることのない作品となってしまった。

勝吾は口にはしなかったが、自分の作品が放送されなかったという現実に対して、傷ついていた。

そして、次の作品を考える力も削られていた。

その日、勝吾は四十歳になったが誰から祝ってもらうこともなかった。むしろ祝ってもらうことを拒否するように、バリアを張っていたのかもしれない。

会社に行って誰かからお祝いされても素直に喜ぶことすら出来ないので、この日は、会社の近くの漫画喫茶で一人、企画を考えた。

だが、タバコのドキュメンタリーが放送出来なくなってから、企画を考えようとしても、体の芯からパワーが出なかった。

夜七時過ぎになり漫画喫茶を出て、家に帰って寝ることにした。そんな誕生日も自分らしいと勝手に決めつけた。

店を出ると、背後から声をかけられた。

「もしかして、真宮君？」

勝吾のことを真宮君と呼ぶ人は少なくなっていた。声のする方を振り返ると、二メートルほどの小さな横断歩道の向こう側に、一人の女性が勝吾を見つめて立っていた。

その顔が勝吾の頭の中で照合されるまで時間はかからなかった。誰か分かると同時に、大きな罪悪感がのしかかってきて、表情が引きつった。

和田有紀だった。

あの頃と大きく印象が変わり、長かった髪の毛が首元までのショートヘアになっていた。

あの日、病院に一緒に行ったのが最後。しかも勝吾は逃げた。有紀が自分の種で出来たお腹の中の命を壊されて掻きだされている時に、自分は逃げだしてしまった。

あの日以来、十七年ぶりに会った有紀が見つめている。

赤信号の下、こちらを見つめる有紀の表情は、勝吾には能面のように無表情で血が通っていない冷たい顔に見えた。犯罪者を追い詰める刑事のような目。

勝吾は、ディレクターになってから様々な修羅場をくぐってきたのに、怖くて動けなくなった。

魔女に射すくめられて足元から石になっていくかのように。

赤信号が青に変わり、有紀が近づいてきた。

「あぁ」

声を引きずり出すのがやっとだった。

「久しぶりだね」

それが限界。

そのあとに続けるべき言葉は一つだけある。それしかない。

謝るべきだ。

この場で土下座するべきだ。

そう思ったが、体が動かない。

有紀が一歩ずつ近づいてくる。無表情の顔の中で黒い目玉だけがギョロッと動いた気がした。

あれから十七年間、怒っている。

恨んでいる。

憎んでいる。

有紀の足が一歩、また一歩と近づいてくる。

目の前の、元彼女。自分のせいで妊娠し、そして堕胎させた彼女。

手術中に逃げだした勝吾に、彼女が一歩ずつ近づいてくると、勝吾は呼吸の仕方を忘れたように息苦しくなった。

有紀が勝吾に向かって話した。

「元気に仕事してるみたいだね？」

「あぁ」

苦しくて言葉を出せない。

「真宮君に見てほしいものがあるんだ」

有紀はそう言って、表情を変えずにスマホを出して写真を見せようとした。

見せようとする写真には何が写っている？

何を見せたい？

逃げた犯人に見せたい写真とは何だ？

自分のしでかした罪の重さを感じさせる写真？

もしかして。

あの時、妊娠した時のお腹の中の胎児の写真？

勝吾の鼓動がさらに速くなる。窒息しそうだった。

すると、有紀が目の前に突き出したスマホの画面に表示されていたのは、二人の子供が肩を組んで並んでいる写真だった。上の子は大きく中学生くらいに見え、下の子は小学生だと分かった。

「私の子供。上の子が賢太(けんた)で下の子が裕太(ゆうた)」

その写真を勝吾に見せると、有紀の顔に笑みが滲んだ。

滲んだ笑みは勝吾の血液にゆっくりと体温を戻した。

有紀は逃げた犯人を追い詰めたいわけではないことが分かった。

勝吾は、冷静に写真の子供の顔を認識出来るようになり、すると、二人の子供が有紀にとても似ていることに気づけた。

「かわいいね。とても」

ようやく鼓動が落ち着き始めて、言葉が喉を通るようになる。

「真宮君は結婚してるの？」

「まだ独身」

「ディレクターとして、がんばってるみたいだね。今度、番組見てみるね」

その言葉で、自分の作った番組は見ていないのだと分かった。

有紀は結婚し子供も二人いる。自分の人生を生きて幸せを取り戻しながらも、勝吾という傷は消えていないのだと分かり、再び罪悪感が背中に乗り始めた。

「こんなところで会ってびっくりしたよ」

「俺も」

「もしかして真宮君かなって思ったら、つい声出ちゃって」

「ありがとう。声かけてくれて」

その言葉を言うと、数秒の間が出来る。このままだと「じゃあね」と言って別れることは予想出来た。本当にそれでいいのか？

勝吾の中で、ようやく客観的に自分を見つめることが出来た。今の自分がすべきこと。

「あの。色々とすいませんでした」

頭を下げた。そんなことで許されないことは分かっているが、今、自分が出来ることはそれしかなかった。

本当なら土下座すべきだが、人通りのある道でそれをするのは逆に迷惑になると思った。

有紀が静かに泣いている様子が伝わってくると、勝吾は頭を上げて言葉を続けた。

「どれだけ謝っても許されないことは分かってます。だけど今、自分に出来ることは作品を作り続けることしかないです」

それを聞いた有紀は涙を指で拭いながら笑顔を作った。

「いいんだよ。私も今、私の人生を歩んでるから。あの日があるから今がある」

勝吾の心の奥に残っていた錆が一気に剝がれ落ちていったようだった。

「ありがとう」

勝吾が有紀の目を見つめて伝えると、有紀はスマホを差し出した。

「今度、作品見たら感想送る。ＬＩＮＥ、交換しようか」

「もちろん」

有紀のスマホの画面のＱＲコードを読み取り、メッセージを送った。

『真宮勝吾です』

すると、目の前の有紀からすぐに返信が来た。

『誕生日おめでとう！』

誕生日を覚えていてくれた。

有紀は、大きく笑った。

「お互い大切に生きようね。じゃあね」

そう言って自分の前を過ぎて歩いていった。

一つの命をこの世から消してしまったことは一生忘れてはならないし、有紀もまたそれを背負って生きるのだと思った。前に進みながら。

有紀の「大切に生きようね」という言葉と笑顔が、あの日、逃げた自分と今の自分を繋げてくれた。

去っていく有紀の背中を見て、勝吾は改めて思った。すべての経験を自分の作品に生かして生きようと。

誕生日の二日後、勝吾は社長室に呼ばれた。

「入鹿兄弟って知ってるか？」

「あ、はい。なんとなく」

ネットで動画を見ておもしろかったと思ったことは言わずに、惚（とぼ）ける。

「プロダクションから連絡があってな、あの兄貴の方がな、お前と仕事をしたいんだと」

「え？　俺バラエティー、興味ないっすよ」

「違うんだよ。ドキュメンタリーを撮ってほしいんだって。お前に」

「え？　どういうことっすか？」

「詳しくは会って話したいらしいんだ。どうする？」

勝吾はとりあえず会ってみると言った。


入鹿兄弟の所属するプロダクション。

勝吾と西山が入っていくと、古い煉瓦作りの建物の一室に入鹿兄弟はいた。

女性マネージャーが一人いたのだが、勝吾が席に座ると、

「出ていってくれる？　うちらだけで話したくて」

マネージャーが出ていくと、西山も空気を読んで出ていった。

「お会い出来て光栄です」

一太が笑顔で手を差し出した。

「兄貴、真宮さんの作品、大好きなんですよ」

相手が有名芸人であっても、浮ついた態度は見せないようにしようと決めていた勝吾だっ

たが、自分の作品を褒められると顔もほころぶ。

そこから一太は、勝吾の作品の感想を熱く語った。そのうち、勝吾も笑顔でその作品を作った理由などを説明していた。

不思議だった。初めて会ったのに、初めての気がしなかった。

「そんな真宮さんにね、撮ってほしいんです」

「僕がお二人のドキュメンタリーをですか？」

「まあ正確に言うと、僕がメインになるんでしょうか」

「え？　密着というか、そういうやつですか？」

「まあ、そうなんですけど」

一太は三佑と目を合わせて、うなずいた。この人にお願いしようという確認だろう。

勝吾の目をまっすぐ見つめて言った。

「世の中にはまだ言ってないので、オフレコでお願いします。僕ね、癌になったんです。医者に余命宣告もされたんです。だからね、僕が死ぬまでを撮ってほしいんです。あなたに」

第七章

　勝吾は入鹿兄弟のことを好きか嫌いかといえばどちらでもなかった。何の感情もなかった。希美の勧めで彼らが世に出るきっかけになったネットの映像を見るまでは。それを見てからは、入鹿兄弟に嫉妬という感情を抱いた。決して自分には作ることの出来ない、ドキュメンタリーテイストのおもしろいものを作った人たちに対する嫉妬。

　そんな彼らにいきなり呼ばれて、癌になり余命宣告をされ、残りの人生が少ないことを告白された。そして自分を撮影してほしいと言われた。

　当然、勝吾は驚いたが、その驚きの後に悲しみや寂しさの感情が湧いたかといえば、そうではなかった。嫉妬を抱いた人に、死ぬことを告白され、そしてドキュメンタリーを撮影してほしいと言われた時の気持ち。驚きの後に訪れたのは、興奮だった。頭の中からアドレナリンが放出されているのが分かった。

　だけどそんな興奮した気持ちを悟られてはいけないと思い、平静を装っていた。すると一太が会議室の本棚の方を指さして言った。

「申し訳ないんですけど、今、この瞬間もカメラを回させてもらってます」

見ると、本棚の上にカメラが仕掛けられていた。

勝吾は自分が勝手にカメラを回していたことはあったが、勝手に回されたのは初めてだった。勝手にカメラで撮影されて喜ぶ人はいない。普通なら。だが勝吾は逆だった。この状況で自分が被写体とされていたことに、さらに興奮した。

「なんでカメラを回してるんですか？」

「もし、僕がオファーする仕事を真宮さんが引き受けてくれるなら、今この瞬間も、貴重な素材になるからです」

勝吾の中で、悔しいという気持ちと嬉しいという気持ちが同時にこみ上げた。

「そもそも、なんで僕の癌が見つかったか説明させてもらっていいですか」

「はい。よろしければ聞かせてもらえますか」

一太はお茶を一口飲んでから、説明を始めた。

「ちょっと前にね、とある番組で健康診断のロケに行ったんです。そしたらね、そこでね、肺に白い影があることが分かったんです。つまり、癌かもってことになってね、さらに検査したら肺癌だったんです。ロケだったんでね、最初は医者もかなり気を遣って言ってたんですけどね。まあ、そうですよね。カメラも回ってるし。真宮さんが知ってるかどうか分かりませんけど、僕らなかなか売れなくて、ネットでアホなことして、どうせなら人生全部見せて売れてやるぞって思って、そしたらようやく売れたんです。その時の癖が抜けなくて、それがいいかどうか分からないんですけど、再検査でね、癌って言われた時も、自分で小さなカメラ回して撮影したんです。もし癌って言われたら、そんな瞬間の顔、撮影しなきゃもったいないなって思って。そしたら見事に撮影出来たんです。そんでね、言われた時には、ステージ4。もう、手術も出来ない状況でね。医者は僕の前でははっきり言わなかったですけど、こいつ、三佑にはね、言ったらしいんです。余命宣告ってやつを」

その先を聞いていいかどうか悩んだ勝吾の目を見た一太は、横の三佑の膝を左手でちょんと叩いた。

「半年くらいじゃないかって言われました」

三佑の目はグッと潤んだが、一太はその空気に引きずられることなく話を続けた。

「三佑が医者の説明を受けに行く時にもね、カメラ持たせました。だからその瞬間も撮影出来てます。自分の兄貴の余命を宣告された瞬間もね」

自分の余命を宣告されたというのに、まるで他人事（ひとごと）のように説明していく一太の横で、三佑は手のひらで目を押さえた。

「余命宣告されて、どんな気持ちだと思います？　落ち込むかと思いきやね、全然ピンと来てないいんですよ。嘘だろって。血を吐いたり血便でも出てたりしたら実感湧くのかもしれないんですけどね、体調も悪くない。体重も減ってない。死に向かってる実感がまったくない。本当に死ぬのかなって。だけどね、今は実感なくてもね、一気に来るらしいんですよ。ある時から一気に体重減って、体力なくなって、最期に向かうって。信じられないんですよ、今は。今はピンと来てない。だけどね、ピンと来る時が来るんですよ、いつか。俺死ぬんだなって思う時が来る」

一太が勝吾を見つめてくる視線に力が入った。

「すでに癌は転移してます。もう手術も出来ないし、この状態から治療をやってね、限りなく可能性が低い状態でね、時間と体力が奪われていくのはしんどいなって思いまして。決めたんです。残った時間を有意義に使おうって。医者からこの先、脳に転移する可能性も高いって言われたんです。もし脳に転移したら、自分で言ってることも分からなくなる可能性だってあるわけでしょ？　だったらね、今のうちに自分がやるべきことをジャッジしておかなきゃいけないと思ったんです。何が出来るかって色々考えてね、そこで、真宮さん、あなたにお願いしたいなって思ったんです。だからね」

一太は勝吾に顔を近づけて言った。

「真宮さん。お願いです。僕が死ぬまで、カメラ回してください。ドキュメンタリー撮ってください」

勝吾の体の中でさらに血液の温度が上がった気がした。

「僕が癌かもって言われた時のカメラの素材も局に頼んでもらってあります。三佑が余命宣告を聞いた時の素材も、全部使ってもらっていいです。本当に余命宣告通りなのかどうか分かりませんけど、僕のことを撮って、最後の作品、作ってほしいんです」

勝吾は下を向いた。そうでもしないと、自分の興奮した気持ちが表情に出てしまいそうだった。人気芸人が癌になり余命宣告を受けてからの日々をドキュメンタリーとして撮影する。テーマとしてこんなに最高なものはないと思ったから。

勝吾は聞いた。

「なんで僕なんですか?」

「真宮さんのドキュメンタリー見てね、おもしろいを超えて嫉妬してたんです」

勝吾と同じ気持ちを一太も持っていた。しかもそれをさらりと伝えてきた。

「ドキュメンタリーって、本来なら撮影されている方が主人公なのに、真宮さんの作品はね、真宮さんというもう一人の主人公がいて、二人の主人公で作品が動いていくんです。ただのドキュメンタリーじゃなくて、想像しない方に動いていく。見ていてたまらないんです。だからね、僕という人間を撮りながら、死に向かっていく僕の人生を意外な方向に連れてってくれるんじゃないかって思ってね、だからお願いしたいなって」

勝吾を見つめるその視線に、大きな期待と希望が混じっていることに勝吾が気づかないわけがなかった。勝吾は立ち上がり、一太に対して頭を下げた。

「こんなおもしろい作品を作るチャンスをいただき、ありがとうございます」

勝吾はあえて使った。「おもしろい」という言葉を。癌になり余命宣告をされて、それでもオファーをしてくれるということは、残りの人生をおもしろがってくれということだと理解した。だからこそ、使ったのだ。

勝吾の言葉を聞き、一太はニヤリと笑って立ち上がる。

「やっぱり真宮さんに頼んで良かった。な？　三佑、言った通りだろ？　この人だったら大丈夫だって。こいつがすごい不安がるもんでね」

「いや、普通不安になるでしょ。こんなこと」

笑う一太とは対照的に、三佑の顔には緊張感が漂う。

「あのね、真宮さん。僕ね、悲しい作品作ろうと思ってないんです。やっぱり芸人ですからね。一人の芸人が癌を告知されて余命宣告されてね、そっから闘病する姿を見せたいとかじゃないんです。芸人として意味があるものにしたい。つまりはね、一言で言うとおもしろいものにしたいと思ったんです。笑えるとか、そういう単純な意味でのおもしろさじゃなくね。色んな人がこの先、この作品を見て、おもしろいことする奴がいたんだなと嫉妬するようなね。だから真宮さん、あなたの口から、おもしろい、って言葉が出てね、良かったって。真宮さんだったら、そう言ってくれると思いました。だからね。最後まで頼みますね」

最後という言葉にこんなに重みを感じたことはなかった。

一太が勝吾に手を伸ばし、二人は固い握手をした。その二人の繋がった手を見ながら、三佑も立ち上がった。まだ三佑の顔に笑みはない。

「兄貴。撮影するのはいい。真宮さんも、どうせ撮るならおもしろいもの撮ってほしいと思います。ただね、これは一太の弟として家族として、ここは撮ってほしくないって時は、僕からNG出します。それでいいよね、兄貴？　そうじゃないと俺はOK出来ない」

「真宮さん、ごめんなさいね、こいつマジメで」

「マジメになるだろ。状況が状況なんだから」

「あ、そうだった。俺、癌だった」

「笑えねえよ」

漫才のやりとりのようなスピード感。一太はカメラが回っていることを意識して、今の会話に持ち込んだに違いない。貴重な素材をくれたのだ。

心配そうな三佑に勝吾は言った。

「三佑さん。大丈夫です。三佑さんが回すなと言ったら、ちゃんとカメラ止めるので」

そう言うと三佑は勝吾に頭を下げた。

「よろしくお願いします」

すると一太も横で頭を下げた。

「弟をお願いします」

三佑は頭を上げた。

「いや、俺、病気じゃねえし」

突っ込みにも聞こえる三佑のこの言葉を聞いた時に、三佑も覚悟を決めたのだと思い、勝吾の顔から笑みがこぼれた。

ドキュメンタリーとは日常を撮影していくものだが、カメラで撮影されている時点で、そこに100%素の日常はない。カメラが回っていることを少なからず意識する。

一太は残りの人生でそっちを選んだのだ。自分の人生で素になる部分をなるべく減らしていく。オンとオフというものがあるなら、カメラを回してもらうことで、なるべくオンでい続ける。

そうすることで、死に向かう恐怖や不安と向き合う時間を減らせると、一太は本能的に感じたのかもしれない。

「真宮さん、今日、いきなりこんなこと言われて驚いたと思います。もし可能だったら、また近々お会いして、僕という人間をどうやって撮影していくか、こんなことやらせたらおもしろいんじゃないかということも考えてもらって、それを話し合いたいんです」

「はい。僕にこんな機会をくれて感謝してます。本気で考えますので、また数日以内にお会いして、提案させてください」

一太と勝吾はこの日二度目の熱い握手をした。そして勝吾は、一太の手を放すと三佑にも手を伸ばした。すると、三佑も勝吾の手を握った。固く、熱く。

「兄貴の人生、頼みます」

勝吾は一太の人生を受け取った。

Dスピリッツの社長室で、勝吾は西山に話した。入鹿兄弟の一太からオファーされた仕事の内容を。

興奮気味に話す勝吾に西山は言った。

「なんか星野に似てきたな。たのもしいよ」

西山に話し終え、自分のデスクに戻った勝吾は、タバコに火をつけて考え始めた。一太に頼まれた宿題。一太の残りの人生をどう撮るか。肺癌になり余命宣告された芸人の人生をどんなドキュメンタリーにしたら「おもしろく」なるのか。

勝吾は一太に提案すべき「仕掛け」を考えた。一太に何を仕掛けたら、死に向かう芸人の姿がよりおもしろくなるかを。黄色の箱からタバコを一本抜き、火をつけて吸い始めた時に後ろから希美の声が聞こえた。

「まだ吸いかけのタバコ、ありますよ」

灰皿を見ると、吸いかけのタバコが煙を吐いていた。チェーンスモーカーのあるあるに思わず笑いながら、そのタバコの火を潰すように消す。

Dスピリッツから歩いて五分のところにある居酒屋のカウンターで、グラスの生ビールを一気に飲み干した勝吾は、横で一口だけ生ビールに口を付けた希美に熱く語り始めた。

今日、入鹿兄弟に呼ばれて、肺癌で余命宣告を受けた兄の一太から、自分を被写体にしたドキュメンタリーを撮影してほしいと言われたこと。すでに部屋の中にはカメラが仕掛けられていたこと。癌を告知された時も撮影していて、それらの素材もすべて渡すと言われたこと。勝吾の目線で一気に語った。

勝吾はカウンターに置かれた二杯目のビールを飲みながら、さらに温度を上げて話した。

「さっきからずっと気になってることあるんですけど、言っていいですか？」

「え？　なに？　言ってよ」

「勝吾さん、人が死ぬのにずいぶん楽しそうに話すなって思って。気持ちは分かります。ドキュメンタリーディレクターとして、他の人がやってないことにチャレンジ出来るっていう興奮があるんだろうなって。だけどね、やっぱり、その前にね、人が死ぬのに楽しそうに話してるなって思っちゃったんです」

勝吾がドキュメンタリーを作る上で学んだことの一つ。それは、撮影対象者の気持ちにどっぷり浸かることも大事だということ。その人になったつもりで、何を思って生きているのか考えてみる。そうやって、対象者の気持ちにどっぷりと浸かるからこそ、その人が本来なら誰にも言いたくないであろうことも理解出来るようになる。

撮影する対象者の気持ち、悲しみや寂しさにどっぷり浸かるという基本を忘れた。一太の気持ちに浸かることを忘れ、オファーされたことに興奮し、客観的立ち位置でしか見ていなかった。

「悔しいけど、ありがとう」

希美にその言葉を残して店を出た勝吾は、再びデスクに戻った。そして、入鹿兄弟のこと、一太のことを調べた。

次の日も、入鹿兄弟が今までに出演した番組を出来る限り探して見た。気になることはマネージャーに電話し、一つずつ確認した。

そして、勝吾は一太に提案すべき「仕掛け」を思いついた。

勝吾がその「仕掛け」を思いついた時、それを一太に突きつけることの罪悪感が胸の奥に染みのように広がっていった。体に力を入れてその染みの広がりを止める。一太が自分に依頼をしてきたことに対して、返す答えはこれしかないと思ったから。

一太のところに自分の考えた「仕掛け」をプレゼンしに行く日。希美に電話して一緒に来てくれないかと頼んだ。

自分のことを客観的に見てくれる目が欲しかったのだ。絶対にいいものを作らなければならない。自分のことを客観的に見てくれる、プロデューサー的立場の人間として信頼できるのは、希美だけだった。

希美は経理担当で、プロデューサーではない。西山に相談し「今回だけ」と条件を付けて、ＯＫを出してもらった。

一太の所属するプロダクションの前で待ち合わせた。勝吾が行くと希美は先に着いていた。

「本当に私なんか付いていっていいんですか？」

「俺が今日プレゼンする仕掛けは、希美さんには先に説明しない。俺がプレゼンしてる時におかしいと思ったら、遠慮せずに言ってほしいんだ。とか言いながら、俺、ムッとするかもしれないけど、頼む」

希美はそんな勝吾に対して微笑みかけた。

「行きましょう」

勝吾と希美は一太の待つプロダクションに入っていった。

一太が最初に口を開いた。

「今朝、体重量ったらね、全然変わらないんですよ。だからまだピンと来ない。本当に死ぬのかなって。なあ三佑」

「なんか奇跡が起きてくれるんじゃないかって思ってるんですけどね」

「なんだよ、お前。今日から真宮さんがカメラ回してるからって、なんか発言も格好つけてんだろ？」

「つけてねえよ」

「あれ？　よく見ると髪型、セットしてんな？」

「この後収録だからだろ」

そんな会話で勝吾と希美の緊張をほぐしてくれた。

「一太さん、お仕事はどうしていくんですか？」

収録というワードを聞き、勝吾は気になっていたことを聞いた。

「レギュラーの仕事は出来るところまでやるつもりですけど、まあ、どっかで発表しなきゃいけないのかなって思ってるんですよね。その辺もね、いつ頃どうやって発表するかを一緒に考えてほしいなって思ってるんですよ」

「分かりました。で、あれから考えましてね」

「楽しみです」

その言葉が勝吾にプレッシャーを与えた。

「今回、こうやって一太さんを撮影させてもらう上で、要素を足したいなと思ったんです」

「要素を足す？」

三佑が警戒しつつ口を出すと、一太が「お前は余計なこと言うな」という視線を送る。

「人気の芸人、入鹿一太が肺癌になり、余命を宣告された物語。これをただ追いかけるだけでは、やはり最終的には病と闘う姿がメインに見えてしまう気がするんです。はっきり言いますと、このままではおもしろくする自信がありません」

わざと言い切った。

一太はニヤッと笑った。

「僕もそう思います。それだけじゃおもしろくならない」

三佑の顔は険しく、挑戦的な表情で勝吾に聞いてきた。

「で、真宮さんが今日、考えてきたことってなんなんすか？　おもしろいんでしょうね？」

「僕はおもしろいと思います」

心配そうに見守る希美の横で勝吾は言い切った。

「聞かせてもらっていいですか？」

一太の顔がワクワクしていることに希美は気づいた。

そして。

勝吾の「仕掛け」を伝える時が来た。

一太は結婚して五年。一太の妻は結婚後も看護師を続けていた。

弟の三佑は、二年前に結婚した。モデルの女性と出来ちゃった結婚だった。男の子を授かり、その子は一歳半になっている。

一太夫婦には子供がいなかった。作らなかったのか、ここまで授からなかったのか、公にはコメントしていない。

「一太さん、お子さん、いらっしゃらないですよね？」

勝吾が聞いた。

「はい。いないですけど」

「もしよろしければ教えていただきたいんですけど、作らなかったんですか？　それとも作ろうとしてたんですか？」

その質問を投げた時に、三佑が割って入る。

「それ答えなきゃダメですか？」

「はい。出来れば」

「なんでそれに答えなきゃダメなんですか？」

三佑の顔の険しさが、一太に子供がいない理由の一つを物語っている気がした。

勝吾は一太に提案した。

「僕が提案することに色々な問題があるのは分かってます。でも、一太さん。ここからなんとか子供を作りませんか？　奥さんと。もしこれまでお子さんを作ろうと思っても出来なかったなら、不妊治療に挑んでみませんか？　最後まで。どんな力を使ってでも」

勝吾の提案を聞くと、一太の鋭い視線が勝吾を刺した。そしてニヤッと笑った。

「やっぱり、おもしろいこと言いますね。さすがっす」

その言葉を聞けて勝吾はまず安心した。実行に至らなくとも「おもしろい」と思ってくれただけで良かったと思ったからだ。自分が提案したことが実現する確率は10％、いや、5％もないと思っていたのだが、提案だけはしてみたかった。笑顔になった一太の横で、弟の三佑はまだ厳しい顔をしていた。

「一太さんにおもしろいと思ってもらえただけで十分です」

その言葉を聞くと、一太は途端に不満そうな顔をした。

「え？　提案しただけですか？　やらないんですか？」

逆に驚いた。本気で考えてくれたんだと。

「やるつもりないのに提案したんですか？　だったらガッカリです」

「いや、そういうんじゃなくて……当然やりたいんですけど、おもしろいと思ってもやってくれないと思ったんです」

勝吾の言葉に再び強さが戻ると、一太は思い出したように話した。

「あ、さっきのあなたの疑問にまず答えます。僕ら夫婦がこれまで子供を作らなかったのか？　それとも作ろうとして出来なかったのか？」

「兄貴、全部言わなくてもいいじゃん。理子ちゃんの気持ちも」

理子とは、一太の妻のことだった。

「作りたいけど作れなかった、というのが本当のところです」

三佑は下を向いている。そして、戒めるように言った。

「自分一人のことじゃないんだぞ」

勝吾の横で、それまで言葉を発してこなかった希美が聞いた。

「ご夫婦で不妊治療か何かされていたんですか？」

その質問を聞くと一太は時計を見て言った。

「あと三時間ほどしたら妻が仕事から帰ってくるんです。良かったら家で妻と一緒に話しませんか？」


一太の家に行くまでの時間を潰すために、勝吾と希美は近くでお茶をしていた。勝吾の体の中では興奮が膨らんでいた。自分が提案した無茶な仕掛けをおもしろがってくれただけでなく、それをきっかけに、今まで人に見せないできたであろう傷を見せてくれるかもしれないのだ。入鹿一太という芸人は、自分のことは何でも笑いに変換していくタイプの人間なのに、「子供」に関しては、笑いに変えていなかった。

この先自分は何を知ることが出来るのか。好奇心の膨張を抑えきれずに笑みがこぼれた勝吾の横でコーヒーを飲んでいた希美の言葉が届いた。

「一太さんの奥さんって今、いくつなんでしたっけ？」

「確か、二十九歳だったと思う」

「正直、一太さんって結構稼いでますよね？　テレビで見ない日がないし」

「だろうな。多分、年に三千万から五千万は堅いんじゃないかな」

「なのに、なんで奥さん仕事辞めないんでしょうね、看護師」

「好きなんだろうな、仕事。でも、子供が出来てたら辞めてたと思うよ」

希美はちょっと間を置き、呟いた。

「奥さん、不妊症だったんですかね」

「不思議なもんだよな」

希美の独り言のようなクエスチョンに対して勝吾はまったく関係ない言葉を吐いた。

「え？　不思議って何がですか？」

「人生が家だとしてさ、周りから見たらどんなに羨ましい家でもさ、中に入ってみると、どっかに穴が空いてたり、壊れてたりするもんだよな。どんな家でも」

仕事は絶好調に見えていても、そういう人に限ってプライベートに問題や障害が起きたりする。一太も、芸人として売れてから、なんでも笑いにするように見えて、子供が出来なかったという穴が空いていたのだ。

「どっかがうまくいくと、他のことが調子悪くなるもんだよな。人生って」

一太の住むマンションは、東西線・西葛西駅からほど近いところにあった。周りの建物から完全に浮いているほどの高級マンションではある。が、勝吾は、この近くに芸能人や有名人が住んでいるという話は聞いたことがなかった。大体みんなテレビ局や劇場に通いやすいところに住んでいるのに、なぜ一太はここを選んだのか。その疑問を口にすると、希美が答えた。

「もしかしたら、奥さんの職場がこの近くなんじゃないかな」

玄関のインターホンを鳴らすと、ガチャッとドアが開き、ヤンキーの名残を見せる朱色のジャージに着替えた一太が出迎えてくれた。

「どうぞ。入ってください。仕事で西葛西とかあんまり来ないでしょ？」

「いきなり聞きますけど、なぜ西葛西なんですか？」

勝吾は答えを知りたくて玄関に入りながら聞いてしまった。

「ほら、中目黒だとか、恵比寿だとか高いでしょ？　こっちは同じ値段でも広いですから。それにね、嫁の仕事場から近いんでね」

そのワードが出た時に、希美と目が合った。希美は一太が自分の思っているような人間だったことを喜んでいるかのような表情をしていた。自分の仕事環境よりも、看護師というキツイ仕事を選択している奥さんのことを考えて家を選んでいるという優しさ。

部屋は3LDK。白を基調にしていて、全体的に余計なものは置いていない。キッチンとテーブルに一輪ずつ飾られたガーベラが温かみを出していた。

「ここに座ってください」

広いリビングに置かれた長いソファーに勝吾と希美が腰かけると、奥の部屋から一太の妻、理子が髪の毛を後ろに束ねながら出てきた。

「妻の理子です。今日はわざわざお越しいただき、ありがとうございます」

背は百五十センチほどと小柄で、ほっそりしている。大きな瞳の奥には芯の強さが見えた。

「こう見えてね、理子、柔道やってて強かったんですよ」

「え？　そうなんですか？　意外です」

思わず希美が声をあげる。

一太はすでに、勝吾がドキュメンタリーを撮影することなどは理子に伝えていた。

「カメラ、セッティングしてもいいですか？」

「ええ。もちろんです」

理子が笑顔でうなずくと、勝吾はカメラをセッティングした。一太と理子にキッチンのテーブルに移動してもらい、話し合うことにした。

「せっかくなんで理子さんのこと、お聞きしてもいいですか？」

「え？　私のことですか？　別におもしろい話とかないですよ」

遠慮して笑う理子だったが、その笑顔には引き込まれる魅力があった。

「理子の実家ね、お寺なんですよ」

「あ、そうなんですか？」

「だから俺、死んだらこいつの親父に戒名（かいみょう）付けてもらうんです。安上がりでしょ？」

「なんで、そういうこと言うかな」

理子は笑顔を見せて、一太の発言にツッコミを入れた。

勝吾も希美も笑っていいかどうか分からなかった。ただ、そうやって死ぬことすら日常の会話になっていて、理子はそれを受け止めているんだと思った。

「良かったら理子さんがなんで看護師になろうと思ったのかとか、教えてほしいんです」

「私の話で良ければ」

理子は話し始めた。

理子の結婚前の名字は細川（ほそかわ）。家は代々、お寺の住職をやっている。母は中学教師。お坊さんと中学教師のもとで育てられた理子は、小学校から中学校までずっと学級委員長を任される、責任感の強い女の子だった。誰が見ても親の期待を裏切ることなく育ってきた理子だったが、高校一年の夏休み、周りの友達の空気に流されて、髪の毛を茶色に染めた。親の期待通りの大人に近づいていく自分をちょっと恥ずかしく感じたからだ。反抗期。その日、茶色く染めた髪の毛をアピールするように、家に帰った。その時、父も母も何も言わなかった。次の日の朝、起きてリビングに行くと、父の髪の毛が茶色く染まっていた。五十歳を超える父親の髪の毛が若者気取りで染まっている。

「お父さん何？　恥ずかしいよ」

そう言うと、父と母はニコリと笑顔を見せ、父は理子に言った。

「だろ？　今のお前を見て、俺も同じ気持ち。理子に似合ってないんだもん」

父のその行動により、理子は一日で茶髪をやめた。

理子の母はずっと柔道をやっていた。その影響もあって、理子は子供の頃から柔道を習い、中学・高校と柔道部に入った。細い体の奥の力強さと瞬発力で、都の代表にも選ばれるほどの実力があった。だが、高校三年の部活動中に事故が起きた。

理子は一年の生徒と乱取りをしていた。理子が、粘る後輩を力一杯投げた時だった。その後輩が受け身をうまく取れず、畳の上で動かなくなった。そして白目を剝いたまま、異様ないびきをかき始めた。柔道場の空気が止まり、先生が慌てて走ってきた。理子の中ではすべてがスローに感じられた。恐怖が体に沁み込んでいく。

(自分の手で殺してしまったのかもしれない)

その後輩は受け身を取り損ね、頭を強く打ち、脳出血を起こしたのだ。救急車で病院に搬送され、緊急手術を受けた。最悪のこともありうるというのは、大人たちの空気で分かった。

理子は手術中もずっと病院にいた。自分の父と母も病院に駆け付けたが、一緒にいると、みんなの緊張感が膨らんでいき耐えられなかった。後輩の両親の近くにいることも出来なかった。

みんなから離れて待合室の端っこで一人座っていた。その時、体が太めの、ベテラン看護師が理子の横に座った。

「ここ、座っていいかな?」

その看護師は理子の横に座り、ペットボトルのお茶を飲みながら話し始めた。

「関係ない私がこんなこと話すと本当は怒られちゃうんだけど、今ね、どんな状況か、説明してもいいかな?」

脳出血を起こし手術中の後輩が、どんな状態でどんな手術を受けているのか、ゆっくり丁寧に話してくれた。

その説明が、理子の頭の中で勝手に悪い方に働く妄想を止めてくれた。そして看護師は言った。

「正直ね、この手術が絶対成功する、と言えるかどうかは分からない。だけどね、私、病院に勤めて分かったことがあるの。意外と人の思いって通じるんだ。念ってやつかな。だからさ、私もこの後仕事終わったらここに来るからずっと一緒に念じよう」

その言葉で理子のやるべきことが決まった。不安に思う時間があるなら、彼女が生きることを念じようと。それから手術が終わるまでの五時間以上念じた。看護師も自分の仕事を終えた後に、理子の横に来てずっと一緒に念じてくれた。

そして。

後輩は助かった。後遺症が残ることもなさそうだと説明を受けた。

それを聞き、理子は膝から崩れて泣いた。泣きじゃくる理子の背中に看護師の温かい手がずっと触れていた。

朝、病院で後輩とその両親、そしてずっと付き添ってくれた看護師への手紙を書いた。

書き終えたのは昼すぎ。理子はようやく病院を出た。その帰り道。魂が抜けたかのように疲れ切った理子が、歩いて三軒茶屋の駅に向かっていた時だった。いきなり土下座をしてきた二人の男がいた。

「僕たちに一分、時間をください」

一太と三佑。入鹿兄弟だった。理子は二人を知らなかった。

「僕ら芸人やってます。ネタ見てください。笑わなかったら一万円あげます」

言ってることの意味が分からなかった。見ず知らずの人から一万円もらうなんて。だが、二人の勢いに押されて、一分、時間を渡した。

人通りのある駅前で、一太と三佑は全力でネタをやった。理子、一人のために。目の前で一万円を賭けて一生懸命になっている大人を見て、疲れ切っていた理子の口から笑い声が出た。

正直、ネタがおもしろかったわけではなかった。だけど、ネタをやっている二人を見ていると、この駅の近くを通る人それぞれに人生があって、色んな人がいるんだなと心から感じた。

いいことがあった人。

悲しいことがあった人。

大好きな人に会いたい人。

死にそうな人。

大好きな人にフラれた人。

死にたくなった人。

希望を持てた人。

色んな人が街を歩いて生きてるんだと感じた。

そして目の前では、いい年した大人が、笑わなかったら一万円あげると意味の分からないことを言って、自分を笑わそうとしている。その現実が、おかしくて、笑い声がこぼれた。

後輩の命が助かることを寝ずに念じていた理子の疲れ切った体から、毒が抜けたように笑い声が出たのだ。

それが入鹿一太との出会いだった。

その時を振り返り、理子はつくづく出会いとは不思議なものだなと思っている。自分と柔道の乱取りをしていた後輩が死の淵をさまようという最悪の経験がなければ、一太と出会うことはなかった。最悪の時こそ自分のその後の人生を左右する種に巡り合えているのかもしれない——理子はそんな風に考えている。

理子は高校卒業後、看護学校に通った。そして卒業後、江戸川区の大きな総合病院で看護師として働き始めた。

想像以上に体力と精神力を削られる仕事だったが、あの日、自分の気持ちを救ってくれた看護師のようになりたいと、仕事に没頭した。

そして、その日、テレビ局から病院に電話が来た。テレビへの出演依頼だった。

「なぜ私なんですか？」

電話口でそう問いかける理子に、スタッフが言った。

「理子さんが高校生の時に、三茶の駅前で芸人にネタを見せられましたよね？」

病院の許可をもらい、番組に出演すると、入鹿一太からプロポーズされた。その場は空気を読んで「前向きに考えさせてもらいます」とは言ったものの、内心、腹が立っていた。ちゃんと話したこともないし、好きでもないくせに、よくプロポーズなんか出来るなと。

番組が放送された翌日から、看護師仲間、先生、患者からイジられまくった。

理子は、一太がテレビ的におもしろいパフォーマンスをしただけで、本気じゃないと思っていた。だけど一太は本気だったのだ。

一太は理子に毎日メールをくれた。些細な内容だ。

「お仕事お疲れさま」

「朝まで大変だね」

「今日、寒いから風邪ひかないようにね。って看護師だから大丈夫か」

理子は毎日送られてくるメールに、業務的に返していた。でも、一ヶ月ほどたつと、夜勤明けに携帯を開くと届いているそのメールがちょっと楽しみになっていた。

ある朝。夜勤明け、あくびをしながら病院から出てくると、病院の前に一台の車が停まっていた。中から出てきたのは、一太だった。

「この後、この近くで仕事だからさ。良かったら家の近くまで送っていこうか？」

番組で公開プロポーズをされてから面と向かって話すのは初めてだった。車に乗って家まで十五分ほど、一太が一方的に話していた。それが心地よくて気づくと車で寝ていた。

家に帰り、寝て起きたのは昼の二時頃。テレビをつけると生放送の番組に一太が出ていた。鬼怒川温泉から中継していた。

理子は初めて自分からメールを送った。

「病院と鬼怒川は近くじゃないですよ（笑）。今日はわざわざ私を家に送ってくれて、ありがとうございます」

この日をきっかけに、一太は夜勤明けの理子を迎えに行き、車で送るようになった。それ以外、食事に誘うこともない。疲れた理子を迎えに行き、車の中で喋り、気づくと理子は寝ている。その繰り返し。

理子も次第に自分のことを話すようになった。夜勤明けの十五分のデートは、理子の心をゆっくりと開いていった。

ある時、理子は病院で末期癌の池川（いけがわ）という六十代の男性の担当になった。小さな出版社の社長をやっていて、社員や友達が毎日お見舞いに来ていた。とても博識で、理子は池川と話すのが好きだった。

日がたつにつれ、池川の体力はなくなり、死が近づいているのが分かった。

池川の両親はすでに他界し、兄弟もいない。奥さんとは二十年前に離婚し、子供は二人いるらしいが、元妻と子供がお見舞いに来ることはなかった。

理子は気づいていた。子供の写真がベッドの下に置いてあることに。

池川が歩くのも難しくなり始めた時に、理子は聞いてしまった。

「お子さんたちは池川さんの病気のこと知ってるんですか？」

「うーん、俺は言ってないからね。知らないんじゃないかな。俺からは連絡取らないって約束になってるからさ」

明るく答えていたが、寂しさが潜んでいるのは分かった。

理子はナース室で水川（みずかわ）という主任にそのことを話した。

「池川さんのお子さんに会いに行きたいんですが、なんか連絡取る方法ないですかね」

水川は書類をまとめていた手を止めた。

「そんな余計なことしちゃダメだよ。あなたの仕事はそんなことじゃない」

いつも厳しい水川の目が余計に厳しかった。

「でも、このまま会わなかったら、お子さん後悔するかもしれないじゃないですか」

「あなたはそうやって正義を感じてるかもしれないけど、それが迷惑になることもあるの。それにね、一人の看護師にそういうことされると、みんながそういうケアまでしなきゃいけなくなるの。ただでさえキツイのに。迷惑。ここのみんなに嫌われるよ」

その日の夜勤明け、一太の車の中で理子はその話をしながら泣いた。

すると一太は車を停めて、理子をギュッと抱きしめた。

「俺、死ぬ時にあんたみたいな看護師に看取られたいな」

一太の腕の中は温かかった。


「その言葉ってある意味二度目のプロポーズですよね」

希美の言葉に一太は照れた。

「そんなつもりはなかったんだけどね」

「だけど、あの日から、なんか、この人と結婚してもいいかなって思いだしたんです」

理子が嬉しそうに言った。

理子は一太にひかれていった。順番が逆だが、逆だからこそ、一太と理子は夫婦になったのだ。

「まあ、理子のこともちょっと分かってもらえたところで、子供の話、しましょうか？」

一太が自ら本題に斬りこんだ。

「理子にもね、今日お二人を呼んで、この話をすることは了解してもらってます」

「ありがとうございます」

勝吾と希美が理子に頭を下げると、理子もそれを受けて頭を下げる。理子の表情に少し緊張感が漂った。

「さっきも言いましたけど、子供を作りたいけど作れないんです。で、不妊治療をしているかどうかという質問に対しての答えなんですけど、一個、見てほしい映像があるんです。それを見たらね、分かってもらえると思うんです」

「映像ってなんですか？」

「あるところに行ったんですけどね。そもそもなんでそこに行ったかというと、先輩の芸人さんで夫婦で不妊治療してる人がいて、その人に言われたんです。『お前のところ、まだ作らないのか？』って。で、僕がね、『いや、なかなか出来ないんですよ』って言ったら、不妊の原因は意外と旦那だったりするから一度精子の検査に行ってこいって言うんです。その先輩も奥さんに行ってほしいって言われて行ったら、精子の運動率が悪くて、自分に原因があったってことが分かったらしいんです。それ聞いて、自分の精子の検査するって興味あったし、行けばどっかで話せるかもしれないって思って、自分で行ってきたんですよ。理子には言わずに。どうせ行くならと思って、自分でカメラ回してきたんですけど……それ見てほしいと思ったんです。女性が見るのにちょっと品のないところもあるんですけど、許してくださいね。あ、真宮さん、精液検査に行ったことは？」

「僕はないです」

「あ、だったら色々と勉強になることもあると思います」

一太が、精液検査に行った映像。

「よろしければ是非拝見させてください」

一太はデジカムをテレビにつないで再生を始めた。すると、そこには小さな部屋の中で自撮りしている一太の顔があった。

「えー、先ほど受付を終えて、精液を取る『メンズルーム』という部屋に入ってきました。渡されたものがこちらです」

一太の手には、リモコンと、綿棒がまとめて入っているような手のひらサイズの円形の半透明のカップがある。

「この円形のカップに自分で採取した精液を入れるんですね。うまく入るかな。そしてこっちは」

リモコンを手にする。

「リモコンです。こちらの小さな部屋で精液を採取、というかオナニーして出してカップに入れるんですけど、見てください」

部屋をグルリと映すと三畳ほどの部屋の真ん中にマッサージチェアーのような椅子と目の前にテレビ。そしてその下にはアダルト雑誌が何冊も置かれていた。思わず一太が笑う。

「見てください。このエロ本の数々。十冊ほどあります。これを見て、シコれ、いや採取しろってことなんでしょうけど、なんだか、SM系の雑誌が多い気がします。誰のセンスで選んだんでしょうか。SM好きな先生がいるんでしょうか」

一太は、この映像がいつでもどこでも使えるように意識して、テレビのように芸人モードで喋っていた。

「そしてこちらのリモコン、スイッチを入れてみましょう」

テレビのスイッチを入れると、いきなり、アダルトビデオが流れてくる。巨乳の人気AV

嬢がベッドの上で激しく男優と絡んでいる。

「出ました。ＡＶです。巨乳の人気ＡＶ嬢ですよ。どうやらＡＶが流れっぱなしになってい
て、いくつかチャンネルがあるようですね。自分でお好みのものを選んで、シコり、いや採取しなさいってことですね。別のチャンネルを見てみましょう」

リモコンでチャンネルを変えると、そこでは巨乳のＡＶ嬢がスクール水着を着てプールの中で男優と絡んでいた。

「別のチャンネルでは、巨乳の人気ＡＶ嬢がプールでハメハメしてますよ」

チャンネルを変えると、巨乳のＡＶ嬢がロープでつながれて猿ぐつわをされ、男優に立ったまま激しくされていた。

「三つ目のチャンネルは、またも巨乳です。この病院には相当な巨乳好きがいるみたいですね。まあ僕も嫌いではありませんが。チャンネルは以上の三つのようですね。さあ、どれにしましょう。せっかくですから、プールのやつにしましょう」

チャンネルを変えるとプールでＡＶ嬢が責められている映像が流れる。そして一太の顔のアップになり。

「今から採取いたします。右手が空かないと出来ないので、さすがにここは撮影を止めます」

映像はいったん真っ黒になる。すると一太は希美に向かって、

「すいません、下品なものばっかり出てきて」

「いえ、勉強になります」

照れた笑いを見せながら希美が返す。

「でもさすがに、こっから僕がいいって言うまで、目を瞑ってもらえますか？」

「え？　目を瞑ればいいんですか？」

「はい、瞑って」

希美が目を閉じる。すると、映像が再び一太のアップになった。

「今、採取が終わりました。こちらを見てください」

円形のカップに一太の精液が入っている。

「いやー、普段プライベートでオナニーする時は何も考えないんですけど、ここ病院じゃないですか。病院で検査のためにオナ、いや採取するって、集中出来ないもんです。それにね、このカップに入れるっていうのも、意外と難しかったですよ。これに蓋をして」

精液を入れたカップに蓋をして、それを持ち、立ち上がった。

「これをこの扉を出てすぐのところに提出するんですけどね」

扉を開けて右に歩くと、ガラス戸があり、インターホンが付いている。一太がインターホ

ンを押すと、すぐにガラス戸が開き、白い服を着た看護師が顔を出してカップを受け取る。その瞬間カメラに気づき、カメラを睨んだ。

「勝手にカメラ回されたら困ります」

「すいません。仕事じゃなくてプライベート用に」

ガラス戸が強く閉まる。

「カメラを回してたら怒られてしまいました。というか、カップに入った精子を見ず知らずの女性に渡すって、なかなか恥ずかしいですね。あのカップ、半透明じゃなくてもっと色とかつけてもらった方がいいと思うのですが」

一太は再び自分の顔を撮影した。

「これで三十分ほど待つと検査の結果が分かるようです」

ここで一太は映像を止めた。

「もう目を開けて大丈夫ですよ」

希美は目を開けた。

「でね、検査の結果を聞いたんです。その時はね、お医者さんにカメラを回す許可をもらったんです」

「結果はどうだったんですか？」

待てない気持ちが口から出てしまった。

「まあ見てください」

一太の横で妻の理子は笑顔をクローゼットに閉じこめたように、無表情で夫を見つめていた。

一太は再び、再生ボタンを押した。

そこには髪の毛をオールバックにしているダンディーな雰囲気の医者が映っていた。

「先生、結果、お願いします。僕の精子の検査の結果」

すると先生は、タバコの箱サイズの紙を見せた。そこには四つの欄があり、「精液量」「精子濃度」「精子運動率」「正常形態精子率」と書かれている。

「精液の検査をしてね、こちらに書いてあることを調べるわけです。それでね、入鹿さんの検査をしたらね」

先生は別の紙を取って、それを一太に見せる。「入鹿一太」と書いてある。

精液の量の欄には数字が示されているのだが、他の三つには記入がない。

「精液の量としては問題がないんですが」

そこで言葉が止まる。

「え？　先生、なんで僕のは三つが空欄なんですか？」

「入鹿さん、紹介状書きますので、別の病院でもっと細かく検査してほしいんですが、入鹿さんの精液の中に精子が見つからなかったんです」

映像の中の一太の声が重くなるのが分かった。

「え？　精子が見つからないって、どういうことですか？」

「無精子症の可能性があります」

「無精子症ってなんすか？　僕、精子ないんですか？　でも、ちゃんと出てたじゃないですか」

「精液はあるんですが、その中に精子が確認されなかったんです」

「え？　どういうことですか？　なんで精子ないんですか？」

カメラが少し震えていた。

先生は本を開き、図を見せながら説明を始めた。

「精子を運ぶ道である、精管や精巣上体管などが閉塞していることが原因の閉塞性無精子症の方と、精子を作る能力がないか、その能力が極端に落ちている非閉塞性無精子症の方、無精子症というのはこの二つに大体分けられるんです」

一太の震える声がカメラの奥から出てくる。

「僕はどっちなんですか？」

「それは検査してみないと分からないんですが、ホルモン検査や睾丸のサイズなどで、どちらかが分かります。閉塞性の場合は、閉塞しているところを再開通させる手術をすれば、精子が精液の中に入ってきますが。お子さんを望むようでしたら早めの検査を勧めます」

ここで映像は終わった。

映像で見せられた事実を勝吾も希美もまだ咀嚼出来なかった。その空気を読んで、一太が話を始めた。

「それでね、検査行ってきたんです。紹介状書いてもらった病院に。さすがにそこではカメラを回せなかったんですけどね。検査の結果はね」

数秒の間が勝吾にはとても長く感じられた。

「やっぱりね、無精子症でした。しかもね、非閉塞性無精子症の方でした。もともと精子を作る能力がかなり低いみたいでね。だからね。僕らは子供が出来なかったんです」

今まで明るかった声が少し震えているようにも感じた。

「僕のせいでね、子供が出来なかったんです。その上、癌にもなってね」

一太は理子の顔を見ずに話している。見ることが出来ないのかもしれない。そんな一太の肩に理子はそっと手を置いた。

「だからね、真宮さんが提案してくれた企画。僕が生きているうちに子供を作るという企画。

すごくおもしろいと思うんですけど、僕にはそれが出来ないんです。おもしろいことを考えてくれたのに、すいません」

一太が頭を下げた。

第八章

勝吾は思い出していた。精子バンクで精子を提供してもらった大神拓海の顔を。

あの時、無精子症である男性の悩みと苦しみが自分の中に刻み込まれた。

無精子症で悩む男性は特別だと思っていた。同じ悩みを持っている男性と再び会うことはないと無意識に思ってもいた。

だが、出会った。

升の中に置かれている透明なグラスに日本酒が注がれ、溢れていく。勝吾の体の中にも敗北感と罪悪感、この二つの感情が溢れていった。

お酒がそんなに強くない希美も、日本酒を付き合う。それしか出来なかった。

自分の人生をなんでも「おもしろい」ことに変換してきたはずの入鹿一太が、唯一、変換していないことを、妻の理子がいる前で告白させ、そして、「すいません」と謝らせてしまった。

その瞬間もすべて、勝吾のカメラはおさえていた。

一太は頭を下げた後に、勝吾に言った。

「ご期待に応えられずすいません。でもね、今のこの瞬間も、真宮さんのカメラはおさえているじゃないですか。この作品が出来た時に、今、この瞬間がいいポイントになるって信じてます」


「絶対、ここでやめないでくださいね」

希美が強い口調で話し始めた。

「一太さんが、勝吾さんに頭を下げた時に、横にいた理子さんもちょっと遅れて頭を下げたんです。理子さんの目を見てたら、理子さんが頭を下げたのは、私たちに謝ったんじゃなくて、旦那さんのここまでの覚悟を見て、あらためて、『よろしくお願いします』って気持ちだったんじゃないかって思うんです」

「推測だろ？」

「きっとそうだと思います」

勝吾は分かっていた。ここからどれだけ別の企画を立てて提案したとしても、自分の中でそれはこの企画に勝るものではない。仮に一太がＯＫしてくれたとしても、そこには妥協がある。が、次こそ、一太に身震いさせるようなものを提案しなければいけない。だけど思いつく自信がなかった。

「もう一度、無精子症のこと、調べてみたらどうでしょう？　数年で医学も進歩するし」

希美はスマホをいじり、無精子症のことを調べてみる。

「無精子症だから、勝吾さんの提案が終わりなんじゃなくて、もしかしたらここから何か次の展開に持っていけるかもしれないですし」

「だけど無精子症でさ、精子がなくて子供が出来ないわけだからさ、提案も何もないだろ」

希美の言葉に勝吾はイラ立った。

「無精子症でも、手術して精子を見つける人もいるんですよ」

「精子がないのに、どうやって見つけるんだよ」

希美がスマホをスクロールして、「ＴＥＳＥ」と書かれたところを人差し指で押した。

その指は、勝吾の前で切れていたはずの道に先があることを示してくれた。

独往大学付属病院・泌尿器科には今日も多くの患者が訪れる。この病院は不妊治療に関する最新の技術を使い、多くの成果を出しているため、その噂と評判で、不妊に悩む夫婦が多く訪れる。他の不妊治療の病院と違い男性も沢山訪れるのだ。というのも、ここに勤務する長瀬恭一（ながせきょういち）という医師が精子についての研究を長年行い、精子にまつわる新たな論文を発表し、世の中をちょっと騒がせた人物だからだ。

　女性は三十五歳を超えると高年齢出産に入り、卵子が老化してくると言われている。だからこそ不妊の理由は女性にあると思われがちだったのだが、長瀬恭一は、男性の精子も三十五歳を超えると人によっては老化し、劣化するのだという研究を世に発表した。

　だから、ともに三十五歳を超えた夫婦が不妊で悩んでいた場合、その原因は女性だけでなく、男性の精子にもある可能性が高いということになる。

　女性の体、子宮、そして卵子については沢山の研究が行われてきたが、精子についてはそれほどでもなかった。

　だからこそ、長瀬の論文と研究は、男性にとっては耳を塞ぎたくなるものでもあり、そして不妊というものに対しての男性の立ち位置を変えたことになる。

　長瀬恭一はかつて文武両道を掲げる高校の剣道部に所属し、キャプテンを務めた。その名残か、五十歳を過ぎた今でもその風格がある。仕事中の長瀬には、まるで侍のような空気が漂っていると言う人もいた。長瀬の職場にはいつも緊張感がある。

　そんな長瀬も休憩の時間、大好きな肉まんを食べる時には、目が子供のようになる。

　休憩が終わると、また仕事のモードに戻る。

患者と向き合う時は、自分の感情を抜き取って向き合わなければいけないことが多い。

ここで行われたＴＥＳＥがうまくいかなかった時、残念な結果になったことを伝える時には、自分の感情を抜いて、その結果だけを伝えるようにしている。自分の感情を一緒に伝えることが患者にとって不必要で邪魔になる場合もあるし、自分が情で伝えた言葉が患者に寄り添い過ぎてしまうことで、将来的にその人を傷つけることもあるからだ。

「長瀬先生、無精子症について取材をさせていただきたいとの依頼なんですが」

「あ、断って」

たった一言で終わらせる。長瀬は精子について本を書いたり、取材を受けたりしてきたが、そんな長瀬に対して「医者としてミーハーだ」とか「有名になりたいだけだろ」と勝手な誹謗中傷をする人が増え、この一年は取材をすべて断るようにしていた。

人の精子と不妊についてもっと知ってほしいと思ってやってきたことを叩かれ、少し疲れたという気持ちがあったからだ。

午後の診察の最後の患者が帰り、長瀬は看護師たちを駅前に出来た新しい居酒屋に誘った。

机の上を整理して帰り支度を始めた時だった。

「長瀬先生、すいません。最後に滑り込みでもう一方患者さんが来られました。ご自身の精子について、色々質問があるとのことです」

真宮勝吾と名乗る男は目の前の椅子に座り、こう言った。

「先生、実は僕が診察してほしいんじゃないんです。すいません。先ほど取材の依頼をしたのは僕なんです。断られましたが」

長瀬の中で点が繋がった瞬間、腹が立った。

「そういうことなら帰ってほしいんだ」

「僕、今ドキュメンタリー撮ってるんですけど、その相手がとある芸人さんで。無精子症なんです」

だとしても自分に嘘をついて目の前に座っているこの男が許せなかった。長瀬が立ち上がり勝吾に背を向け歩き出すと、叫ぶような声が届いた。

「その人、無精子症で子供がいなくて、僕はなんとかしてあげたいんですけど、余命半年なんです」

長瀬は足を止めた。

居酒屋をキャンセルした長瀬は、とりあえず勝吾の話だけは聞くことにした。

勝吾がドキュメンタリーのディレクターを職業にしていること。今、撮影している人が芸人をやっていて、無精子症で非閉塞性なのだということ。

勝吾が話している間、長瀬は顔色を変えず感情を出すことなく、ただ、聞いた。

精巣内から直接精子を取り出す手術をtesticular sperm extraction、略してＴＥＳＥと呼ぶ。ＴＥＳＥには二種類あり、conventional TESEと言われるものは、精巣のごく一部の組織を採るだけで、閉塞性の無精子症や射精障害などにより、精液の中に精子はないが、精子を作る機能には問題がない場合に行われ、精子を回収出来る可能性が高い。

一太のように、非閉塞性の場合は、microdissection TESE、通称MD-TESEと呼ばれる手術になることが多い。

陰嚢を開き、顕微鏡で精巣の中をくまなく観察し、精子がいる可能性の高い太い精細管を採取して精子を探していく。どれだけ医学が進歩しても、いまだに人の目で探していくのだ。精液検査で精子が見つからなくてもごくわずかな精子が存在する可能性はあり、その場合、この手術により数匹の精子を採取することが出来る。

精子を採取したら、女性の卵子を採取し、特殊な顕微鏡を使い、細いガラスの針で卵子に直接精子を注入する顕微授精を行う。

「非閉塞性の無精子症の場合、手術で精子が採取出来る可能性はどのくらいなんですか？」

勝吾にそう聞かれた。長瀬はこういう時、必要以上の期待を持たせることはしない。

「それは人によるから、ここで可能性は何%とかは答えられない」

「じゃあ、癌の患者さんで、余命を宣告されている場合は、この手術は出来るんですか?」

「その人の癌と体の状態を見なければ答えられない」

感情を引き算して淡々と答える。

「肺癌です。しかもステージ4。肺癌のその状態で、無精子症の手術をすることは可能なんでしょうか?」

その質問に長瀬は黙った。

「不可能というなら諦めます」

不可能という言葉を聞き、長瀬は口を開いた。

「可能か不可能かと聞かれたら、可能だと思う。まあ、それも人による」

可能だという言葉を聞き、勝吾の目に光が宿った。

「じゃあ精子が採取出来たとして。例えば、肺癌を患って、治療を行っている患者さんの精子だと妊娠しにくいとか、そういうことはないんでしょうか?」

「僕が知る限りでは、肺癌と精子形成や精子の質に関する報告はなかったと思います」

勝吾の目に希望が広がっているのが分かったからこそ長瀬は言った。

「仮に手術を出来たとして、奇跡的に精子が採取出来たとして、一つ、問題がある」

「なんですか？」

「ＴＥＳＥを行い、採取出来た精子を凍結保存出来る期間は、ＴＥＳＥを受けた人が生存している期間に限られるということです」

つまり精子が採取出来たとしても、そのあと、一太が亡くなってしまった場合は、その精子で顕微授精を行うことが出来ないということだ。

長瀬は続けて言った。

「末期癌の患者さんにこの手術を行うことを考える上で、最も重視されるべきことは、誕生する子供の将来だよ。ステージ４で余命半年と言われる人の精子を用いて、顕微授精で子供を得ても、子供が誕生した時には父親はこの世にいないんだ。その環境で子供をずっと育てゆくのに十分な環境が整っているか否かをちゃんと考えなければいけない」

長瀬は自分の中で一番大切に思っていることを話した。

「でも、一太さんの場合は亡くなったとしても経済的な環境は大丈夫だと思うんです」

強い語気で放たれた勝吾の言葉を聞いた長瀬は、わざと厳しい声で伝えた。

「その患者さんを診なければ、手術が出来る状況かどうかは分からない。それに、ＴＥＳＥの手術をしても、精子が採取出来ないこともある。この手術をして、精子が採取出来なかったということが、どれほどその男性に精神的ショックを与えるか。その結果、生きられる年月を削ってしまう可能性だってあるんだからね」

もしこの提案をしたことで一太の人生に苦しみを与えてしまったら。残り少ない人生を狂わせることになってしまったら。その可能性が限りなく高いのであれば、提案すべきじゃない。ゆっくり終わらせてあげるべきじゃないかという正義。

一太は今の状況を少しでも変えたい、生きていたことの爪痕を残したいと思っているんじゃないか。だったらその思いを叶えてあげなくていいのか？　という勝手な自分。おもしろいことを求められているならそれに応えなきゃいけないという信念。

自分の中で自分同士が争う。そして勝吾の中で強引に答えを出した。

一太の家のリビングで勝吾と希美、一太と理子が向き合って座った。

その日は満月が夜空に浮かんでいた。

一太と理子の顔を捉えているカメラの録画ボタンをオンにすると、一太はカメラを持つ勝吾に聞いた。

「提案があるって、なんですか？」

勝吾は一度、理子の目を見てから視線を移し、一太の顔を見つめた。

「無精子症の手術、したらどうかと思うんです」

「そうです。陰嚢を開いて顕微鏡で精巣の中に精子がいないかどうかを直接探す手術。この手術で、精液検査では出てこなかった精子が見つかるかもしれないんです」

「無精子症の手術？」

テーブルの上に置かれているお茶を見つめながら、一太が口角を上げる。

「おもしろいですね」

身動きすら出来ない気持ちでいた勝吾が、やっと魔法が解けたかのように上半身を動かす。

「本当ですか？　一太さんならそう言ってくれると思っていました」

「でも、僕のこの体でその手術を受けることは出来るんですか？」

「その手術で実績のある先生のところに行ってきたんですが、可能性はあると言ってました」

「じゃあ、先生からＯＫが出れば、その手術をして僕の金玉の中に、精子がいるかどうかを探すんですね。もし、仮に精子が取り出せたら」

「それを顕微授精する」

「おもしろい。自分の残りの人生でそこに挑み、その記録を残しておく。おもしろい」

興奮気味の一太を見た勝吾は、病院でもらってきた具体的な手術の方法などが書かれた資料をバッグから取り出そうとした。

「カメラ、止められませんか？」

理子が俯きながら呟いた。希美がその気持ちを汲み、カメラの録画ボタンを止めようと手をかけたのだが、勝吾は本能的に希美の手を遮る。

「あ、カメラ止めなくていいですから。止めたら意味ないですから」

勝吾の行動を一太が肯定してくれる。

「理子、どうした？」

理子が俯いたまま言った。

「私はそんな手術、反対です」

「なんで？　余命宣告されてる中で、無精子症の男が自分の精子があるかないか探すために手術する。それに挑戦する。俺はおもしろいと思う」

「おもしろくない」

理子が言い切った。

「おもしろいって言いたいよ。本当なら言わなきゃいけないって分かってる。だけど、この状況で嘘はつきたくない。私はおもしろいって言えない。検査して手術が出来るって言われても、結果その手術のせいで、一太さんの命が削られる可能性あるでしょ？　そうでしょ？」

勝吾はその言葉を否定出来ない。それが答えだった。

一太が癌を患った状態でTESEの手術に挑んだとして、精子が見つからなかった場合、大きなダメージを与えることになる。だとしても、この「可能性」を勝吾は一太に提案せずにいられなかった。自分は一太にドキュメンタリー撮影を依頼されたディレクターなのだから。

「あのね、一太さんと何度も話し合ったよね？　一太さんが無精子症だって分かってから、私に対して申し訳ないって気持ちを抱いてたのも分かってる。だけど今は本当に思うの。私はね、一太さんの子供を産むために結婚したんじゃない。一太さんと夫婦としてともに過ごすために結婚したんだって」

理子が今まで言わなかったであろう思いを言葉にしている。そんな理子をただ見つめる一太。二人をカメラは捉えている。

「一太さんはさ、真宮さんが提案してくれた無精子症の手術、本当に、ただおもしろいと思ってるの？」

理子が顔を上げて一太の目を見つめた。

「無精子症の手術の話を聞いてさ、もしかして、私のことを気にしたんじゃないのかな？　自分のせいで子供を授かることが出来なかったから、最後に、少しでも可能性があるなら、それに挑んでみたいと思ったんじゃないの？　それってさ、間違ってるし、勝手だよ。二人で生きてきて楽しくなかった？　楽しかったよね？　私の今の望みが、子供を授かることだと思ってる？　違うよ。私の今の望みは、一日でも一太さんに長く生きてもらうことだよ。その一日が十回あれば十日になるし、百回あれば、百日になる。あと半年って言われてる中で、奇跡が起きて、一年、二年、十年……一日でも一緒にいてほしいって思っているのにさ、なんで、自分の命を削るかもしれないことを、おもしろいなんて言えるの？」

理子の目からゆっくりと涙がまっすぐに流れて落ちていく。何度も。

「勝手なこと言ってすいませんでした」

理子は謝りながらティッシュを取り、目を覆った。

勝吾が提案したことが、一人の女性の心を傷つけたことは間違いなかった。

泣いている理子に向かって勝吾が「すいませんでした」と謝って、自分の提案した企画を取り下げるという選択肢もあった。だが、自分が提案したことに「おもしろい」と言ってくれた一太がいる限り、自分から引き下がるべきではない。余命半年の無精子症の人に対して、無精子症の手術をしないかと提案した自分がいて、それをおもしろいと言った一太がいて、それに対して反対して泣き出した妻の理子がいる。物語としては動いていた。カメラに捉えられているのは、間違いなく今まで誰も見たことのない夫婦の姿。理子の涙を見て、人として申し訳なさが溢れてはいたが、それと同時に、ディレクターとして客観的にこの状況に興奮している自分もいた。そんな自分が存在する限り、この場で理子に謝ることは出来ないと思った。

勝吾は一太の気持ちを聞きたかった。カメラが回っている以上聞くべきだと思った。

「一太さんは、理子さんの今の思いを聞いて、どう思いましたか？」

一太はしばらく黙った後に勝吾に聞いた。

「先に聞かせてください。真宮さん。あなたが僕にこの手術の提案をしてくれたのはなぜですか？　子供がいないうちら夫婦に最後のチャンスがあることを教えたかったからですか？　それとも、ディレクターとして、これを提案して、僕がそれを引き受けたら、ドキュメンタリー作品として単純におもしろくなると思ったからですか？　はっきり聞きますね。僕らのことを考えてですか？　自分のためですか？」

突き刺すような一太の言葉と目。勝吾は動揺した。

「あの、それは、先日、一太さんの話を聞いて、それで真宮なりに色々調べたんです」

希美が勝吾をフォローするかのように話し出したが、勝吾は希美の肩を右手でおさえ、その先は自分で話す意思を示して言葉を止めた。

建前を話すのは簡単だ。だが、覚悟をもった自分の本音を話さなければ先に進むことは出来ないと思った。勝吾は自分の頭の中に浮かんだ言葉を一度リセットして、息を吐きだして話し始めた。

「一太さん、僕はあなたからオファーを受けました。余命半年の芸人の人生をドキュメンタリーで残してくれって。正直ね、ディレクターとしてこんな仕事のオファーを受けたのは幸せです。興奮しました。そこから考えました。あなたの想像を超える提案をしたいって。自分の人生をさらけだして、すべてをおもしろいことに変換して生きてきた一太さんに『おもしろい』と思われたいと思いました。そこでね、ダメ元でね、残りの人生で子供を作るということを提案しました。却下されると思いました。だけどね、そこで言われた言葉はね、僕の想像を超えてました。無精子症。今までこの仕事をしてきて道に迷うことはあっても、道が切れてしまったという思いになったことはなかった。だけど、そこで今度は無精子症の手術があることを知った。そこで想像しました。興奮しました。なぜ興奮したのか。ちゃんと考えてなかった。だけどそれは一太さん、今のあなたの質問でね、はっきりしました。なぜ、僕が無精子症の手術を提案したか。それはおもしろいからです。あなたにあなたのドキュメンタリー撮影を依頼された以上、おもしろいものを撮りたい。死ぬかもしれない一太さん、あなたを題材にワクワクしたい。つまりは自分のためです。自分がおもしろいと思える作品を作りたい。これが自分の中の背骨。それが一番。そして二番目に、この作品をきっかけに、未来につながる何かを残したい。それが僕の本音です」

そう言い切って一太の目を見つめる。一太も勝吾の視線に自分の視線をぶつける。

「本音聞けて良かった」

一太はそう言うと勝吾に握手を求めるように右手を差し出した。

「やっぱり真宮さんに頼んで良かった。今ね、僕らのためだって言われてたら即、断るつもりだった。だけど、真宮さんは晒したくないはずの自分を晒してくれた。ありがとうございます」

勝吾も自分の手を伸ばし、一太の手を握った。

「さっきのあなたの質問に今度は僕が答えます。理子の気持ちを聞いてどう思ったか」

一太は、まだティッシュで目を覆っている理子に向かって話し始めた。

「無精子症だって分かったあの日。自分のせいで子供を授かれないって分かって。このリビングで泣いた俺を理子は後ろから抱きしめてくれました。そして言ってくれた。『神様が言ってるんだよ。二人でいた方が楽しいことが沢山あるんだよ』って。あの日から、理子と沢山話し合って、自分たちは子供のいない人生を進んでいくと決めてね。だから俺は、理子に子供を抱かせてあげることが出来なかった分、楽しい人生だと思えるようにしようと思った。理子もそれを意識していたよね。楽しかった。本当に。子供がいたら出来ないことも沢山ある。二人で旅行も沢山行けた。沢山二人で笑った」

一太は勝吾を見た。

「子供を授かった人がみんな幸せかというとそうじゃないですよね？　子供を授かったのに、育児放棄したり、殺してしまう親もいる。子供を授かったことで関係が変わってしまう夫婦だっている。子供を授からない夫婦が不幸かっていうとそうじゃない。周りはみんな言います。『あの夫婦は子供がいないから』と。『子供がいないから』には『かわいそう』という気持ちが含まれる。だけどね、子供がいなくても、本気で幸せだって思ってる夫婦は沢山いるし、厳しい決断を超えて、捨てる幸せがあったから、得られる幸せもあるんです」

一太は再び視線を理子に戻した。

「理子、俺とお前はそっちに進んでいったし、それが正解だと思ってた。いや違うな。正解だった。だけどさ、癌になって余命が半年だって言われてさ。いずれ俺はお前を一人にする時がくるんだ。奇跡が起きてずっと生きられたらそれは嬉しい。だけど冷静に考えてその可能性は低い。そんな中でさ、真宮さんに、無精子症の手術のことを言われてさ。希望を提示されてさ。この状況で、もし自分の精子が見つかってさ、もしそれで体外受精をすることが出来てさ、もしさ、妊娠してさ、もし、出産してさ。って、ほら、今、前向きな『もし』を沢山考えることが出来る。今は俺の病気に対しての『もし』しかないけど、無精子症の手術に挑むことでさ、病気以外の、前向きな『もし』を考えることも出来るんだ。それで挑んでみてやっぱりダメだってなる可能性だって高いけどさ、今、残された人生の中でさ、未来につながる『もし』があるなら、挑んでみたいと思ったんだ。もし、それで精子が見つかって体外受精して着床したとして、妊娠して出産するのは、理子、お前だ。もし、その時に俺が死んでたら、お前が一人で産まなきゃいけない。だけど、自分の命が限定されている中で、自分の種を残せる可能性があるのなら、挑んでみたい。これは我が儘だ。勝手なのは分かってる。っていうか、お前と会った時からずっと勝手だよな。三茶の駅前で初めて会った時から笑わなかったら一万円あげますって言って。勝手にネタ始めて。そのあと勝手にプロポーズして、勝手に夜勤明けのお前を迎えに行って。全部勝手。今まで俺の勝手にお前は全部付き合ってくれた。今度も俺の勝手。俺は、最後に種を残すチャンスがあるなら挑んでみたい」

理子はティッシュで両目を覆ったまま動かなかった。

「それと、真宮さん」

一太が視線を理子から勝吾に移した。

「僕が『おもしろい』と言ったこと。あれも本音です。真宮さんに自分の人生撮影してくれって言ってね、ここでもカメラ回ってる。この状況でね、余命半年って言われてる僕に無精子症の手術を提案してくるあなたはどうかしてる。おかしいよ。だけど、それっておもしろいんですよ。それを提案したら僕か理子が傷つく可能性があるって分かってるはずです。でも、それを分かった上で提案してる。人としてモラルもデリカシーも無視してる。最低ですよ。そう。あんた最低だ。だけど、最低な奴っておもしろいんです。最低なあんたが僕らに提案してくれたことはね、その先に数％の希望がある。希望に進むには勇気がいるんですよね。あなたはその選択肢を今日くれた。そんな選択肢を考えたあなたとそれを聞いている僕と、この状況含めて、おもしろいです。うん。やっぱりおもしろい。それが僕の本音です」

一太はそう言い切ると、まだティッシュで目を覆っている理子の頭をポンッとさわって言った。

「理子。俺はやっぱり、やってみたい。無精子症の手術。やっていいかな？」

理子は涙に濡れたティッシュを机の上に置き、顔を上げる。目が腫れていた。目が腫れた顔で必死に笑顔を作った。そして大きくうなずいた。

「うん」

理子は立ち上がり、勝吾を見て言った。

「夫をよろしくお願いします」

妻の覚悟。勝吾は立ち上がり、理子に頭を下げた。

入鹿一太は肺癌になり余命半年。無精子症の手術を受けることを決めた。

第九章

勝吾は一太を連れて長瀬の診察室に来た。理子と希美は診察室の外で待っている。

一太が長瀬の目の前の椅子に座り、緊張からか両手をギュッと握り膝の上に乗せている。

長瀬は笑顔を一回も見せることなく、一太を見つめていた。

勝吾は診察室の入り口に立ち、カメラを回しながら一太を紹介する。

「この方が、入鹿一太さんです。先生、テレビで見たことあると思いますけど」

「ないなー。ごめんね。あんまりテレビ見ないので」

長瀬は意図的に冷たく見えるような言葉を選んでいるのだと思った。許可はしてくれたものの、この瞬間もカメラを回して撮影している自分のこと、そしてこの状況を好んでいないのが勝吾には分かった。

余命宣告をされた肺癌の患者が無精子症の手術を受けて、うまく行けば顕微授精で子供を作りたいという思い。

無精子症の手術をしても精子が見つかるかは分からない。もし見つかったとしても、顕微授精で受精して着床までいける可能性は決して高くはない。そして、肺癌が進行している状態で手術をすることによって、結果、一太の寿命を削ってしまう可能性も0ではない。一番簡単に表現するなら「無茶」。

そもそも可能性が低く、少なくとも長瀬の医者人生の中で行ったことのない条件のオペになる。治療を受けたいという一太の気持ちを聞いてから手術を実行するか断るか、決めなくてはいけない。

長瀬は目の前の一太に言った。

「まず言っておく。この手術を受けることを僕はお勧めしない」

その言葉を受けた一太が唾を飲み込む姿を勝吾のカメラはおさえていた。

「それはなぜですか？」

「僕がこの手術をやることで、君と奥さんに無駄な希望を抱かせたくないからだよ」

「無駄な希望。ですよね。分かってます」

「本当に分かってるのかな？」

長瀬の言葉が一太を刺す。

「すいません。分かってると言いましたが、本当は分かってないのかもしれません。でも、

「なんだい？　言いたいことがあるならここではっきり言っておいた方がいい」

「なぜ、僕がこの手術に挑みたいのか、話させてください」

「どうぞ」

長瀬の言葉は淡々としている。一太の言葉は対照的に感情が溢れていた。

「先生、僕ね、余命を宣告されてね、色々考えました。どうやって生きるのがいいかって。もちろん癌が治る可能性がどれだけ低くても、奇跡を信じて治療はします。それと同時にね、やっぱり、死ぬ可能性だって考えなきゃいけない」

一太の言葉が一旦止まったが、押し出すように話し始めた。

「残された期間でね、理子と一緒に旅にでも行って思い出を作った方がいいのかなとか考えましたよ。だけどね、僕は芸人という仕事をしてお金をもらって生きてるんです。もし人生のカウントダウンが始まってるのなら、自分にしか出来ないことをしなきゃいけないんじゃないかって思ったんです」

一太が、部屋の入り口でカメラを回す勝吾のことをチラッと見た。

「そこでね、真宮さんにドキュメンタリーを撮ってほしいってお願いしました。僕はね、生き様をさらして芸人してきたつもりです。だから最後も、そうしなきゃいけないって。勝手に使命感を感じてるだけかもしんないですけどね。僕が真宮さんにお願いしてね、これって、ある意味挑戦状でもありますよ。余命宣告された芸人のドキュメンタリーを作ってほしいって。それを真宮さんは引き受けてくれてね、そんな僕にね、最後に子供を作らないかと提案してくれたんです。残念ながら僕は無精子症なので無理だと返すと、今度は無精子症の手術を提案してきた。余命宣告されている僕に」

勝吾はカメラを持つ手が震えそうになるのを必死にこらえた。

「子供を作るということは夫婦で一度諦めました。子供のいない人生を選択して幸せに生きようと、妻と話し合って決めていました。だけどね。僕の中では決めていたつもりだったんですけど、蓋をしていたんだと思います。そんな僕にね、真宮さんが無精子症の手術を提案してきた。それから、いくつもの『もしも』が頭に浮かびました。もしも僕のこの体でね、手術が出来て、もしも、精子が見つかったらって思うとね。ワクワクしたんです。余命宣告されてから、ワクワクする気持ちなんかどっかに忘れてた。考える『もしも』はネガティブなものばかりで。なのに、今はワクワクしてるんです」

長瀬は表情を変えることなく聞いている。

「うちはね、貧しい家でした。学校の給食費払うのもギリギリな貧乏兄弟がね、芸人になってそこそこ売れて金もらえるなんて奇跡です。自分の人生でね、そんな奇跡が起きたからこそね、思うんです。0じゃない。どんなことも0じゃないと思う。癌で無精子症の僕が手術して、そこから子供が出来る確率なんて0・000001%以下かもしれない。でもね、たとえそうであってもね、この状況でね、余命を宣告された僕がワクワク出来ることがあるなら、そこに挑んでみたい。妻とね。理子とね。一緒に挑んでみたい。夫婦でね、挑んでみたい。もしかしたら結果、それで理子を傷つけてしまうかもしれないんですけど」

一太は思わず下を向いた。目にうっすらと涙が浮かんできたが、続けた。

「癌が分かって、余命宣告されてからね、怖いんですよね、寝るのが。毎日寝るのが怖いんです。このまま寝て明日起きられないんじゃないかって。寝たら死んじゃうんじゃないかって。だから朝を迎えるとホッとする。多分理子もね、そうだと思うんです。僕が寝たまま明日起きないんじゃないかって。毎日思っているはずです。僕が癌になってから、理子はね、寝る時僕の胸にね、手を添えて寝てくれます。そうするとね、理子の手の温度を僕も感じてね、生きてるんだと安心出来ます。理子も本当は毎日泣きたいほど色んな不安があるはずなんです。そんな中で、理子にね、希望を抱かせてあげたい。ワクワクさせてあげたい。その希望はもしかしたら今日砕けるかもしれない。だけど僕がそこに挑むことで一日でも二日でも、不安の中にね、新しい希望を抱かせてあげたいんです。それがこの手術に挑みたい理由です」

涙が一太の目からゆっくりこぼれると、長瀬が机にあるティッシュを取って、一太に渡した。そして言った。

「分かりました。僕も全力でやらせてもらいます」

長瀬は一太に初めて大きな笑顔を見せた。

「ありがとうございます」

勝吾は思わず大きな声を出してしまった。一太は無言で頭を下げている。

「ただし最終決定は、検査をして手術をするのに耐えられる体だと分かってから」

一太は大きくうなずく。

「もちろんです」

長瀬は一太の肩にトンッと右手を乗せた。

「結婚して奥さんを本当に幸せにしている旦那さんって世の中に何人いるんだろうね？　長く結婚してたって奥さんのことを全然幸せに出来ない旦那だっている。暴力をふるって毎日泣かせてる奴だっている。長くいりゃーいいってもんじゃない。君の病気がこの先どうなって、どこまで生きるかは分からない。だけどね、君が残りの人生の中でやろうとしていることは、結果、うまくいってもいかなくても、奥さんの中で素敵な思い出としてずっと残ると思う。そうなるように、僕も努力する。結婚してて大切なのは長さじゃない。質だよ。質。

君はいい旦那だよ。奥さんも幸せだよ」

その言葉に、一太の目から再び涙がこぼれた。

「あ、あとね、こないだ、深夜の番組で旅の話してたでしょ？　あれ笑いました」

「やっぱり知ってたんじゃないですか。一太さんのこと」

勝吾が思わずツッコむと一太の顔にも笑みが浮かんだ。

「じゃ、奥さん、呼んでくれる？　今後のことを色々と説明するから」

待合室のソファーに座っている理子と希美を呼びに行った。

不安のマスクを頭から被っているような理子。横にいた希美が我慢出来ずに聞いてきた。

「どうだったんですか？　手術してくれることになったんですか？」

勝吾はカメラを理子の顔だけに向けて言った。

「検査して大丈夫だったら、やってくれることになった」

不安の雲が風に押し流されて動いていくように、ゆっくりと笑みが充満した。

「良かった」

診察室に理子も入り、一太と並んで座った。長瀬の朗らかな笑顔を見て理子は安心した。

「今から旦那さんが受ける無精子症の手術がどんなものかを説明しますね」

さを感じた。

「お願いします」
一太と理子の声が揃う。勝吾はカメラを回しながら、その言葉のハモり方になんだか愛しさを感じた。

長瀬は資料を見せながら一太が受ける手術の概要を説明した。

この病院で行う非閉塞性の無精子症の手術。まず局部麻酔の注射をしてから、陰嚢をメスで切開する。精巣、つまり睾丸の表面を出して、そこからマイクロサージェリーに用いる特殊な手術用顕微鏡を使って、精子が存在しそうな部分を探していく。医者が自分の目で探していくのだ。精子は精細管の太くて白く濁っている部分に存在していると考えられていて、それを探し、精子がありそうな精細管だけを取り出していく。その精細管を胚培養士に渡すと、今度は胚培養士が、観察用の倒立位相差顕微鏡で精子を探す。そこで見つかれば、その精子を取り出して顕微授精に使うのだ。

顕微鏡を使っているとはいえ、人の目で探していく。非常に高度な技術と経験値が必要となる。

「精子が見つかる可能性ってどのくらいなんでしょうか？」
思わず一太が聞くと、長瀬は自分の顔から笑みを消して答えた。
「それは本当に人によります。十四二十四すぐに見つかる人もいれば、どれだけ探しても見つからなかった人もいる。見つからなかった人は一人、二人じゃないことは分かってほしい」

一太が膝の上で握った右の手を、理子がそっと左の手で包むのを勝吾のカメラは逃さなかった。

「そして、理子さん。今度はあなたの番」

「はい」

思わず理子の声も引きつった。

「一太さんの精子が少しでも採れたと仮定して、その先の話をします」

「その先って?」

「顕微授精の話です」

「あ、お願いします」

長瀬は再び説明を始めた。

顕微授精とは、顕微鏡で見ながら、卵子の中に直接精子を注入する方法である。

排卵誘発剤を使い、卵巣で沢山の卵胞を育て、麻酔をして痛みを少なくした上で、経膣超音波でモニターしながら、卵胞を特殊な針で穿刺(せんし)して卵子を吸引して取り出す。卵子が採取出来たら、そこに細いガラス管を使い直接精子を注入していくのだ。顕微授精による受精率はこの長瀬の病院では50〜70%。病院によっては80%のところもあれば50%のところもある。受精したら培養した上で、その受精卵を女性の子宮内に戻すのだ。受精卵が子宮に着床すればようやく妊娠したことになる。

ここまで説明を受けて、理子も思わず聞いてしまう。

「着床して妊娠する確率ってどのくらいなんでしょうか？」

「あくまでもこの病院での確率ですが、10%といったところでしょうか」

長瀬はここまで説明した上で、一太と理子にあえて言った。

「無精子症の手術から顕微授精まですべてを掛け合わせていくと、妊娠出来る確率はとても低いことは分かってもらえたでしょうか。低い。とても低いかもしれない。だけどね」

一太と理子の目を見つめた。

「だけど、0じゃない。可能性は0ではない。それに賭けるんだよね？」

「はい」

再び一太と理子の声が揃った。

勝吾は目の前にいる夫婦が挑もうとしていること、そしてそれを自分が持っているカメラで撮影出来ていることに興奮していた。

運よく精子が見つかり顕微授精して妊娠までたどり着くという最高の結末と、精子が一匹も見つからないバッドな結末の両方が頭の中をよぎっていく。どちらに向かったとしても、誰も作ったことのないドキュメンタリーになるであろうと思うと、さらに興奮した。そんな自分に罪悪感も覚えた。

その日から一太の検査は行われた。

結果、手術をしても大丈夫だという判断が下された。

一太の手術をする日に、理子の採卵も行うことになった。これを同日に行うことは病院にとっても大きな負担になるが、長瀬もその覚悟を決めた。

そして。手術の日を迎えた。

勝吾は長瀬に交渉し、手術室の中に入り、端でカメラを持ち撮影する許可を得た。

処置室の前にカメラを持った勝吾と一太が立っている。その二人を見守るように理子と希美がいる。

看護師が一太を迎えに来た。

「手術の準備をするので処置室にお入りください」

その声を聞き一太が笑顔を見せて理子に言った。

「行ってくるね」

一太の笑顔は無理して作ったものではなかった。余命を宣告された上で、可能性が低いとはいえ希望に向かって歩き出す気持ちが笑顔を作っていた。それは理子も同じだった。

「行ってらっしゃい」

毎日家でしているであろうそのやりとりをし、一太は歩き出した。

勝吾はそんな二人の姿を撮影した。希望に向かって歩く男の背中を。それを見つめる妻の顔を。

手術のための処置を行い、一太は手術室に入り、看護師の指示通りに手術台に乗った。

勝吾は入り口の近くに三脚を立ててカメラを構えた。すると手術着を着た長瀬が入ってきた。長瀬の目はとてつもなく力強かった。人の人生を預かった覚悟の目。

そんな長瀬を見ると、本当にここから一太の挑戦が始まるのだという実感がさらに湧いた。

長瀬は手術台に近づき、一太に目を合わせた。

「一太さん、あなた、運がいいよ」

「なんでですか?」

「自分で言うのもなんだけど、僕は結構腕がいい。そんな僕に出会ったから」

長瀬は満面の笑みを見せてドヤ顔を作った。

「先生、もし精子が本当に見つかったら感謝です。感謝しかない。だけど、もし見つからなかったら。どっかのテレビで『先生、ドヤ顔で、腕がいいって言ったじゃーん』って話してやりますからね」

この状況でもおもしろい空気を作ろうとする一太の姿に勝吾は嫉妬心すら感じた。

そして一太は長瀬に伝えた。

「先生、僕の金玉、お世話になります」

長瀬も再び笑顔を作り。

「お世話します」

今から始まるここでの「勝負」の結果がどうなっていくのか。想像すると勝吾の全身を鳥肌が駆け抜けた。

「じゃあ、麻酔打つよ」

一太の下半身に局部麻酔の注射が打たれると、一瞬痛みで顔がひきつる。

そして。

麻酔が効いてきたことを確認し。

長瀬はカメラの横にいる勝吾を見て、力強くうなずいた。

長瀬はメスを持った。一太の体から精子を探し、取り出すための手術が始まった。

手術室のランプが点灯して、手術が始まったことを知らせる。理子はソファーに腰かけ、手を合わせることしか出来なかった。

手術室の中で、長瀬は右手のメスを一太の陰嚢に近づけながら、心の中で「頼む」と力強く念じる。

陰嚢中央の蟻の門渡(とわた)りの部分にメスを入れて、三センチほど開き、そこから血管が繋がったままの睾丸を外に出す。そして、手術用顕微鏡をセットして観察しながら、睾丸を包んでいる白膜という膜を開いて、その中にある精子が作られている場所である精細管を慎重に見ていく。ここから医者の腕の差が出る。太く白く濁っている、精子が存在していそうな精細管を探していくのだが、分かりやすく白くなっている時はいいが、一見して、白っぽい部分がまったく見当たらなかった時は、とにかく丁寧に丁寧にゆっくりと顕微鏡を覗き込み、周りとほんのちょっとでも差がある部分を探す。やたらめったら採取するわけにもいかない。ピンク一色の壁の中にある、ほんのりうっすらと白い部分を探し当てていくという作業。経験値と技術を総動員しながら顕微鏡を覗いて、手をゆっくりと動かす。

命の種が存在しそうな場所を見つけていく。心の中で呟く。「いるんだろー？　いるんだろー？　出ておいでーー」と。「出てくるのが怖いのかい？　だったら大丈夫だよ。怖くないよー。出ておいでー」と。何度も。

「僕が探した限りでは、精子は見つかりませんでした」

そうやって伝えた時。長瀬の担当した患者は、湧き出る感情を抑えながら「そうですか」と言い、可能性と希望の抜けきった状態で気力を振り絞りながら「ありがとうございました」と頭を下げることが多かった。

その度に「申し訳ありませんでした」と言いたい気持ちになるが、それを堪える。自分は全力でやった。実際そうだし、そう思い込んでいなければやっていられない部分もある。

患者さんだって「本当にいなかったんですか？」「なんでですか？」「他のお医者さんなら見つけられるんですかね？」と聞きたい気持ちがこみ上げているはずだが、それを必死に抑えている姿がまた辛かった。

自分の股間にずっとついていた睾丸の中を、拡大して眺めて、精子があるかないかを調べる検査をして、精子が見つからなかったとする。癌などの病気を宣告された時とは違い、自分が男として生きてきたのに、命を繋ぐ大切な能力がないと告げられたようなもので、本来なら誰のせいでもないのだが、その能力を持っていなかった自分のせいなんだと、自分を責めたり自己否定したりしてしまう。

長瀬はどの患者さんに対しても平等であるべきだと常に思っている。が、やはり今回の場合、余命を宣告されている中で、リスクを背負いながらも低すぎる可能性に賭けてこの手術を受けている一太を、理子を、喜ばせてあげたいという思いは、いつもより大きく膨らんでしまう。

顕微鏡を使ってゆっくりとじっくりと一太の精細管を見ているが、白くなっている部分が見つからなかった。希望と期待が大きければ大きいほど、目の前の現実とのギャップが焦りをもたらし、その焦りは勘をにぶらせていく。だから長瀬は自分の脳を常にクールダウンさせるかのように、ゆっくり息をしながら冷静さを保ち、顕微鏡を覗く。

長瀬は無精子症の手術で精子を探す作業を、人に説明する時にこうたとえている。

「東京ドームに敷き詰められた芝生の中から、微妙に変色した芝を一本か二本探すようなものです。しかも限られた時間で」

今回はまさにそれ以上の難易度であることが分かった。

手術台の上にいる一太は目を閉じていた。局部麻酔なので意識がないわけではない。勝吾はその姿をカメラにおさめながら、一太が何を思っているのか、何を願っているのかを想像する。今のその瞬間にナレーションを付けるかのように。

ゆっくりと動かし続けていた長瀬の手が止まったことに勝吾は気づいた。

（もしかしたら精子がいそうな管を見つけたのか？）

勝吾は長瀬の動きを監視するかのように見つめる。長瀬が今までとは違う動きを見せる。

ゆっくりと一太の精巣の中から何かを取り出しているのが分かった。

長瀬の動きが変わったことは一太が一番感じているはずだ。

すると、長瀬が部屋の中にいた培養士の男性を見た。培養士は長瀬のもとに近づき、何かを手にした。それは取り出された精細管なのだろう。精子の存在する可能性のあるもの。

培養士はそれを受け取ると、すぐに観察用の倒立位相差顕微鏡で探し始める。そこに精子が存在するかどうかを探すのだ。

長瀬が培養士の背中を見つめる。「頼む」と強い念を送るかのように。

培養士は顕微鏡を覗き込む。

勝吾もその培養士の動きを見つめる。目の前の可能性の船に乗せられて、勝吾は高揚していた。

しばらくすると、培養士が長瀬の方を振り向く。そして、首を横に振った。

いなかった。

一太の精巣に精子は存在しなかったのだ。

長瀬が一太の顔に自分の顔を近づけた。

「今調べた精巣には、僕が見た限り精子の存在は確認出来ませんでした」

一太は目を開くことなく、ゆっくりとうなずく。

長瀬は続けて言った。

「もう片方の精巣も調べさせてもらいます」

もう一個ある。

チャンスはもう一回。

長瀬はもう片方の精巣を顕微鏡で調べることにした。

まるで真っ暗な闇の中に放り出されたような気持ちになる。

その闇の中で、うっすらとした光を探していく。

誰も進む方向を教えてくれない。どこに光があるのかも教えてくれない。

まるでそこは無重力の世界のようで、焦りが勝つと平衡感覚を失ったようにどうしていいか分からなくなる。

光は遠くから確認出来ない。ゆっくりとゆっくりと探し続けると突如として目の前に現れることが多い。

探して探して諦めることもあった。

まだ探し続けたら、その光はあるのかもしれないが、諦めなければいけない時もある。

長瀬はもう片方の精巣を顕微鏡で覗く目に意識のすべてを集中する。

顕微鏡に映し出される肉色の世界の中の小さすぎる変化を求めて。

額から噴き出してくる汗を横にいる看護師が拭う。

もう一度願う。「出てきていいんだよ。出てきていい。いるんだろ？　そこにいるんだろ？　いるなら出てきてくれ。待ってるよ。君のことを待ってる。君のお父さんとお母さんになるべき人が待ってるんだよ。頼む。出てきてくれよ」

そう願い続けて手をゆっくりと動かした時に、長瀬の目は感じた。

周りと比べて、ごくわずかだがうっすらと白くなっている部分を。

「ここにいるのか？」

それが目の錯覚であることもある。白い壁を見続けていると、その白い壁に他の色がちらつくようなことがあるが、それと同じように、肉色の中で白い部分を探し続けていると、時にすべてが白く見え始めることもある。

長瀬が一太の精巣で見つけた、そのうっすらと白い部分が目の錯覚によるものなのかどうか自分では判断がつかない。ただ、願う。「いるよな。ここにいるんだよな」

命の種が住んでいる可能性のあるその部分を長瀬は採取し、培養士に渡した。

長瀬は自分の中で決めた。

「ここになければ、ない」

勝吾はカメラの先に、今日二回目の動きを確認した。だが、先ほどとは、長瀬の目つきが違うような気がした。目から滲む、自信と不安の分量が違う。

一太は目を閉じながら自分のペースで呼吸をしている。

顕微鏡を覗く培養士の背中が勝吾の目に映る。

神様が人の進むべき道を決めているとするなら、この先をどう描く？　どう決める？　人生に起きるいいことも悪いことも必然だとするならば、一体どんな人生を一太と理子の必然と決めるのだろうか？

培養士の動きが止まっている。ピタリと。

時間が止まったかのように。

培養士が、顔を上げて長瀬を呼んだ。

長瀬の耳に何やら喋っている。

それは可能性か？　諦めか？

長瀬が培養士の顕微鏡に目を移す。

止まる。じっと止まる。

顕微鏡から目を外すと、一太のところに歩いていった。

勝吾の目には、その長瀬の一歩一歩がスローに映る。

長瀬が目を瞑る一太の横に立った。

「一太さん」

その言葉で一太が目を開ける。ゆっくりと。

長瀬は表情に緊張を纏ったまま、口を開いた。

「一太さん。男性はね、通常、一日に一億近くの精子を作っていて、精巣には最大十億個の精子を保存出来るなんていう人もいます。普通の人が十億個。だけどね、あなたの精巣の中にはね」

長瀬が強く一太を見つめて言った。

「二個。二個だけ。見つけることが出来ました。可能性は0じゃない。0じゃない。この二個がね、奇跡の確率を一気に上げてくれました」

長瀬はカメラの横にいる勝吾を見つめて微笑んだ。

一太は表情を変えることなく、もう一度ゆっくりと目を瞑って大きな声で叫んだ。

「ありがとうございます」

勝吾は手術室を出て、外で待っていた理子に伝えた。カメラを向けたまま。

「二個、見つかりました」

理子は今にも泣き出しそうなのを堪えて、勝吾に向かって言った。

「良かったです。良かった。たった二個かもしれないけど、私たちにとっては、とてつもない希望を持たせてくれる二個です。感謝します」

感極まった理子が両手で目を覆った。横にいた希美の目からも涙が一気に流れた。

絶望が人に流させる涙は冷たく、希望が人に流させる涙は温かい気がするのはなぜだろう?


一太のあとは、理子の番だ。

理子は自分の膣から卵子を取り出す処置を受ける時に、ベッドに横たわりながらギュッと目を瞑り、心の中で言った。

「頼むね。頼むね。頼むね。それとね、ありがとうね」

自分の体から取り出された卵子が、一太のたった二個の精子のパートナーとなる。

理子の「頼むね」のあとの「ありがとう」は、自分たちのこの挑戦に一緒に挑むことになる卵子に対して、「私たちに協力してくれてありがとう」という思い。

無事に理子の卵子は採取され、先に採取された一太の精子二個を使って顕微授精することになった。

理子の卵子に一太の精子が入っていく。

受精するもの、残念ながらしないもの。別々の個体が一つになる。そこで発する大きなエネルギーに巻き込まれて、くっつくことのないもの。そのエネルギーと共に、命の種同士が絡み合い融合し、命の芽になれるもの。

一太の精子と理子の卵子は。

二つのうち、一つだけが、芽になった。

奇跡の確率がまた上がった。

そして。

培養された受精卵は、理子の子宮の中に戻されていった。取り出された時は卵子だったが、一太の精子と一つになり受精卵として、命の種が命の芽として、子宮の中に戻っていく。

受精してから着床、妊娠までは七〜十一日の期間を要すると言われる。受精卵が卵管を通過し、子宮内に到達して子宮内膜に着床するかどうか。

この日本で、体外受精、顕微授精を行っても、着床せずに悲しむ人の嘆きは、日々沢山聞こえる。

受精から十日前後で着床し、その時期に着床痛という痛みを感じて気づく人もいる。一週間以上我慢出来ずに、フライングで妊娠検査薬で調べる人も少なくない。

理子は自分で調べることはしなかった。一太もそれを望んだ。

ワクワクしたい、前向きな希望を持ちたいと思い、無精子症の手術をして顕微授精を行った。無事に精子が採取出来て、顕微授精で受精するところまでいった。すると、奇跡が色を変えて確率を上げてくる。確率が上がると期待値も上がるが、一太の中では期待値が上がることで恐怖心も強くなっていった。

自分はおそらく近い将来この世を去っていくのだ。その中で、自分と理子の子供を残すという奇跡に挑戦し、限りなく可能性が低いところからそれを上げてきた。上げてしまった。だからこそこの世に残されていく理子にとって、おそらく自分よりもその期待と希望は大きくなっていると一太は思った。その期待が裏切られた時のショックは大きくなるはずだと。

病院に行く日の前夜、理子はリビングで自分のスマホのカメラを回して動画を撮り始めた。

「今、真宮さんいないから自分で回すね」

「え？　どうしたの？」

一太は、理子の突然の行動に驚きを隠せなかった。

「明日、病院でさ、着床したか分かる日だよね」

「あぁ。そうだな」

「ありがとうね」

「何が？」

「もしダメだったとしてもね、大丈夫だから。私のためにね、リスクあるのに、体に癌があるのに、手術してくれて、精子を二個も取り出してもらって。私の卵子とね、一太さんの精子は受精した。一つになった。もうね、それだけで嬉しい」

理子は自分の子宮の上に手を当てた。

「着床してたら嬉しい。嬉しいけどそれよりね、一太さんと結婚して、遺伝子同士がね、一つになれたという現実が嬉しくてね、この気持ちを感じさせてくれてありがとう。本当にありがとう」

一太は立ち上がり理子を優しく抱きしめた。

理子と出会えて良かった。

結婚して良かった。

こんな無茶なことに挑んで良かった。

余命を宣告されて死ぬと言われている中で、はっきりと思えた。

「俺、生まれてきて良かった」


長瀬の診察室には勝吾と希美にも同席してもらった。

検査を終えた理子の横に一太が座り、検査結果を持った長瀬が自分の椅子にドンと腰を下ろす。

理子を見ると、顔に清々しさが溢れているのが分かった。どんな結果でも受け止めるという覚悟がある。ここまで来れたことに対しての感謝もある。

長瀬は眉一つ動かさない。

一太は勝吾を一度見つめると、長瀬に目線を移して聞いた。

「長瀬先生、結果はどうでしたか？」

長瀬が一太の肩に左手を、理子の肩に右手を置いて言った。

「着床したよ」

一太は言葉も出せないまま理子をその場で抱きしめた。

「ありがとう。理子」

理子のお腹に手を当ててもう一度言った。

「ありがとうな」

抱きしめ合ったまま、二人は泣き崩れた。温かい方の涙を流しながら。

勝吾は希美と一緒に思わず「やった」と声を出した。

ハッピーの場合。

バッドだった場合。

両方をシミュレーションしてこの場に臨んだが、目の前で実際に奇跡が一つの形になった瞬間を目にすると動くことも出来ず、勝吾の目からもただただ、涙が流れだした。

診察室を出ると、一太が勝吾の手を固く握った。そしてあるリクエストをした。

「真宮さん。一個考えていただきたいことがあるんです」

「なんですか？」

「僕がね、癌で余命宣告されていることを世の中に近々発表しようと思います。どうやって発表するのがいいか、考えてもらえませんか？」

大きな宿題が勝吾に課せられた。

第十章

理子の子宮の中では一太との受精卵が成長を続けていた。だがその成長が順調かどうか、母親は生まれるまで確信が持てない。

病院で定期的に検査をして、医者から「大丈夫」の判子をもらって、その瞬間は安心出来るが、またすぐ不安になる。

流産の経験がある女性は妊娠したあと、喜びよりも不安を抱えながら毎日を過ごすことが多い。「また前と同じことになったらどうしよう」と。

理子は流産の経験はなかったが、自分のお腹に宿った命の事情が他とは大分違う。一人で家にいると、大きな不安が胸の奥からこみ上げてくるが、それを吹き飛ばすために、お腹を触り「大丈夫」と何度も呟いて笑顔を作った。

理子は、病院に休職願を出すことにした。妊娠したことを伝えて、安定期に入るまで休ませてほしいと。この病院に勤め始めてから長期の休みを取ったことなどなかった。神様がくれたこのチャンスを、絶対に無駄にしたくない。そう思ったから休むことを決めた。ただでさえ人が足りない現場に、自分が抜けることで大きな迷惑をかけることは分かっていた。だけど決めた。授かった命のために。

　まず、ナース室の主任に話をした。妊娠したことを理由に、安定期に入るまで三〜四ヶ月休みたいと話した。主任は顔色一つ変えずに理子に言った。

「うちでは妊娠したって働いてる看護師、沢山いるけどね。あ、そっか。理子さん、別に働かなくても食べていけるもんね」

　多少の嫌みを言われることは覚悟していたが、面と向かって言われて傷ついた。その痛みがお腹の中の子供に届かないようにと、心の中で念じた。

「最終的には院長先生に自分の口から伝えてね」

　その日の昼休み、院長に会うことになった。大谷(おおたに)院長は先代の院長の息子で、以前は「ジュニア」なんて言われていたが、年も七十歳を超えた。元々小柄だったが、また小さくなったようにも見えた。髪の毛の半分以上は白くなっている。

　大谷院長は誰にでも気を遣える人だ。大勢いるスタッフの誕生日を覚えていて、その日の朝にメールを送るような人。

　理子が院長室に入ると、院長は一人でパソコンの前に座っていた。

「あー、どうぞ。どうぞ。大体話は聞いてるんだけどね」

妊娠による休職願だということを院長は知っていた。

理子の看護師としての仕事ぶりは、この病院で働く医師の間ではとても評判が良かった。そして患者たちからもとても愛されていた。それ故、ナース室の主任が嫉妬にかられて理子にきつく当たっていることもすべて大谷の耳に入っていた。

理子は大谷の前に立つと、軽く頭を下げて話し出した。

「院長。誠に勝手ながら個人的な理由で休職をさせていただきたくて」

理子の話を遮るように大谷は言った。

「あ、まず言わせてよ。おめでとう」

その言葉で理子の肩の力が抜けた。

妊娠するということはめでたいことなのに、それによって自分が仕事を休んで誰かに迷惑をかけてしまうということが先にきてしまい、めでたいということを置いてけぼりにしそうになっていた。

大谷の言葉で、命を授かっためでたさを改めて自覚することが出来た。

大谷は理子に聞いた。

「安定期に入るまで休みたいってことだよね?」

「はい。そうです」

「理子さんがいなくなるとナース室としてはかなりしんどくなってしまう部分もあるから、出来ればね、体調のいい日だけでも出勤出来ないかなと思っていて」

申し訳なさそうな顔をする大谷に、理子は言った。

「本来ならそうすべきなのは分かってます。でも、本当のこと言うと、院長」

「え？　なに？　どうした？」

大谷が不安そうな顔を見せた。

「出産して、落ち着くまでしばらくお休みさせてほしいんです」

「出産してしばらくって。一年以上ってこと？」

「そういうことになると思います」

「安定期に入るまでじゃなくて、ずっと？」

理子は自分の背中を自分で押して大谷に言った。

「うちの病院では、妊娠してもみんな働いてます。不安と闘いながら働いているのは分かっています。本来ならば私もそうしなきゃいけないのも分かってます。だけど。絶対に、産みたいんです。絶対に。何かあった時に後悔したくないんです。あの時働いてたから残念なことになっちゃったのかなとか、思いたくないんです。お願いします」

理子の言葉にどんどん力が入っていった。

「こんなこと言うのも失礼になるけど。妊娠した以外に、何か理由でもあるのかな?」

そう聞いてきた院長の目を理子は見つめた。

理子は、本来なら一太が世間に発表するまでは言うまいと思っていたことを、大谷にだけは伝えることにした。

「院長。このこと、院長だけに伝えます。今、私のお腹の中には夫との子供がいます。夫は無精子症でした」

「無精子症?」

「そうです。でも手術して、そうしたら、二個。たった二匹だけ精子が見つかりました。その精子を、顕微授精したら受精して。そしたら着床しました。今、お腹の中にその子がいるんです」

「そうだったのか」

大谷は理子の話を聞いて立ち上がった。

「でも」

理子の堪えていた涙がゆっくりと流れ出した。

「夫は肺癌なんです。もう処置のしようがない肺癌で。病院で余命も宣告されていて。おそらく、あと、半年ももたない。多分、子供が生まれても会うことも出来ない。だから産みたいんです。絶対に産みたいんです。我が儘言ってすいません」

理子が涙を流しながら頭を下げると、その涙が床に落ちた。

大谷は理子に近づき、理子の肩に手を当てて、頭を上げさせた。

「話してくれてありがとう。本当にありがとう」

「こちらこそ、聞いていただき、ありがとうございます」

「そのお腹の中の子はあなたと旦那さんの子供だ。だけどね、勝手なこと言って申し訳ないけど。そのお腹の中の子は、病気と闘ったり、不妊で辛い思いをしてたり、色んな苦しい思いをしている人たちみんなの希望になるから。だからね、全力で応援するから。病院のことは一切気にしないでいい。大丈夫。僕に何か出来ることがあったら言ってほしい。元気な子が生まれるからね、絶対」

大谷の手に力が入る。理子は泣きながら思い切り笑顔を見せた。

一太はこの日、病院でCTの検査を受けた。

病院の近くで勝吾は車を待機させていた。運転席には希美がいる。勝吾はカメラを持って後部座席で待っていた。ガチャッと扉が開いて、一太が入ってきた。

「検査、行ってきましたよ」

高いトーンで笑顔の一太。何かいいことでもあったようだ。

「検査の結果、どうでしたか？」

勝吾が質問すると、一太は視線をさっと窓の方に向けた。

「癌は順調に進行していました」

悲しい事実を、まるで未来があることを伝えるようなトーンで言った。顔は窓を向いている。言葉だけは強がって明るく言えたとしても、それに表情を付き合わせる自信がなかったのだろう。

「進行していたってことは」

勝吾がそこまで言うと、一太は気持ちをくみ取ったようにすぐに答えた。

「そうです。進行してるってことで、あと四ヶ月ほどじゃないかと」

変わらずトーンは前向きだが、窓の方を向いたままだ。

運転席に座る希美の背中は時間が止まったかのように何一つ動かない。

勝吾も、その言葉を聞き、カメラを持ちながら、身動きが出来なかった。次の言葉が出てこない。

勝吾の気持ちを察したのか、一太が勝吾を見て言った。

「真宮さんらしくないですよ。あのね、真宮さん、僕に奇跡起きたじゃないですか。僕と理子に。子供がお腹に宿ったんですよ。無精子症なのに。それってすごいことですよね？　奇跡ですよね？　奇跡なんて一つ起きれば十分です」

強がりでもなんでもなく、本気で言った言葉だと思った。

「行きましょう。聞かないと。真宮さんの提案」

勝吾は久々に一太の所属するプロダクションの会議室に来た。一太からドキュメンタリー撮影のオファーを受けたあの日以来。一太の横には三佑がいた。

あの時は、勝吾を見る三佑の目の中に敵意に近いものがあったが、今は違った。理子の妊娠を経て、仲間として信頼してくれているのが勝吾にも分かった。

「真宮さん、聞かせてもらっていいですか？」

一太が癌であることを世間にどうやって発表するか。勝吾の提案を一太と三佑に話す。それがこの会議室に来た目的。当然カメラは回っている。

「やはり世間に発表する方がいいんですよね？」

勝吾があらためて確認すると、一太は言った。

「今はまだ元気だからいいですけど、ここから病気が進んできたら仕事先にも迷惑かけます。仕事を断るのにも嘘をつき続けられませんから」

「分かりました」

「それじゃあ、お願いします」

勝吾の提案。

勝吾は前日に、自分の考えた案を希美にぶつけていた。それを聞いた希美は頭を何度か横に振りながら、

「私には分からない」

そう言った。理解出来ないということも含んでいるのだろう。

「普通に病気であることを公表するだけじゃだめなんですよね？」

「本当はそれでもいいと思う。普通ならそうするんだと思う。だけど、俺がカメラを回し続けている以上、これは作品なんだ。一太さんの人生を通した作品。あそこで一太さんが俺に言ってくるってことは、この状況で何かを伝えたいってことだと思うんだ。自分らしい方法で。だからさ、やっぱり提案はしたいと思って、この案を考えたんだ。却下されたっていい。求められたことに、何かを返すのがディレクターだと思うんだ」

会議室で自分の案を伝えることになった勝吾は息を吐くと、一太を見た。

「まず大前提として、無精子症だったことや、その手術をしたこと、そして今、理子さんのお腹に赤ちゃんがいることを言うのはやめた方がいいと思います。それが理子さんのプレッシャーになる可能性が高いからです」

「俺もそう思うよ、兄貴」

三佑がうなずく。

「それを踏まえた上で、マスコミを集めて会見を開いてください」

その言葉を聞いた一太は肩すかしを食らったようだった。

「会見ですか？　普通に？」

「はい、そうです」

はっきりと言い切る。

「そこで、肺癌であることを言ってください。医者から余命を宣告されていることを言うか。言わないか。それは任せます」

「言わない方がいいんじゃないかな」

三佑がすかさず自分の意見を言った。

一太が目の前のお茶を一口すすった。

「そもそも、その前に、僕がやるべきことはその普通の会見だけですか？」

「違います。このあとが大事なんです」

勝吾はもっとも大切な部分を説明した。

それを最後まで聞いた一太と三佑。

そして。

三佑は自分に決定権はないと、ただただ一太を見つめた。すると一太は答えた。

「やりましょう。すごくやりがいあります。今の僕にね、こんなやりがい与えてくれてありがとうございます」

勝吾の提案に一太は乗った。

「真宮さん、そう考えるとね。やっぱり言いたいです。医者から余命を宣告されたことも。隠さずに」


一週間後。一太が所属するプロダクションの一番大きな会議室で記者会見は開かれた。

マスコミには、入鹿一太からの大切な発表があることだけ伝えられた。

この日集まった記者たちは推測した。離婚か？ でも離婚だとしたらわざわざこんな会見を開くこともない。もしかして、コンビ解散か？

この会見で話されることが何なのか、誰も予想出来なかった。

沢山集まったマスコミに紛れて、勝吾は一番後ろからカメラを回した。

黒いスーツに白いシャツを着た一太が出てきた。

勝吾の心拍のスピードは速まり、興奮に包まれる。そして、頭の中でアドレナリンが出たのが分かった。

一太がマイクを持ち、口を開く。

「えー、本日はお集まりいただき、ありがとうございます。本日、私から大事な発表があるとしかお伝えしていないにもかかわらず、こうやって来ていただいたことに感謝していま す」

一太のマイクを持つ手に力が入ったのが勝吾には分かった。

発表する。

「私、入鹿一太は、肺癌に侵されております」

数秒、空気が止まる。

そして、フラッシュが一気にたかれた。

勝吾のカメラは、光のまたたきの中でゆらぐ一太の顔を捉えた。

フラッシュは落ち着くことなく、その中で一太は説明した。

「現在、抗癌剤も含めて、効果的な治療方法は見つかっておらず、癌は進行している状態です。医師の方からは、あと四ヶ月くらいではないかと言われております」

その言葉で再び空気が止まり、そしてフラッシュの渦になる。

「ですので、そういう現実を受け止めながら、今後、出来る限り治療に専念したいと思います。奇跡を信じて、日々過ごしていきたいと思いますので、よろしくお願いいたします」

勝吾はカメラを回しながら思った。一太は「奇跡を信じて」と言ったが、その奇跡は自分の病気に対しての奇跡ではないのではないかと。

一太は「奇跡は一つ起きれば十分」と言った。一太が信じている奇跡があるとするなら、理子のお腹の中にいる子供が元気に生まれてくること。

自分の人生に諦めをつけているからこそ、広げることの出来る未来もある。一太は、それを描こうとしている。

カメラのシャッターの音がさらに激しくなる中で、一太は集まった記者にお願いをした。

「一つ皆様にお願いがあります。私には妻がおります。私が病気になったことで大きな負担をかけておりますので、妻への取材は控えていただきたいと思います。その代わり、私が皆さんの質問に、すべてお答えしますので」

勝吾も分かっていた。人の不幸こそネタになると考えた記者たちが、家の前で待っていて理子にカメラでも向けたら、それは理子のストレスとなる。それをさせないためにも、一太がここで記者の質問にすべて答えることが大事なんだと。ただ、それは一太が「餌食」になることだということも。

一太にマスコミの質問が浴びせられた。

「癌と聞かされた時のお気持ちは？」

「余命を宣告された時はどう思いましたか？」

「奥さんにはなんと伝えましたか？」

「奥さんはさぞやショックを受けたのではないでしょうか？」

「夜、怖くて寝られなくなる日はありませんか？」

「残された人生の中でやりたいことはありますか？」

「この若さで死ぬかもしれないことに後悔はありませんか？」

マスコミの質問に嫌な顔一つせず、一太は丁寧に答えた。

記者の口から出てくる質問を聞きながら、勝吾は吐き気にも近い感覚を覚えた。

「奇跡を信じてます。がんばってください」

そう言ったレポーターの胸倉をつかんで、「本当に信じてんだろうな？」と言ってやりたい気持ちにもなった。

世の中に伝えるという正義を振りかざし、一太の傷口を抉る彼らを見ていると。

ゾンビに見えた。

生きている人に群がるゾンビ。

だが、ふと気づく。

自分もカメラを持ってこの場にいる。目的は違えど、一太の人生を撮影している。

彼らのことをゾンビと思っているけど、実は自分だって一緒なんじゃないかと。

ドキュメンタリーとワイドショー。こっちは「作品だ」という盾を持ってはいるが、やってることは同じなんじゃないかと。

癌になって余命宣告されて、無精子症で、手術を受けて、子供を授かった芸人を撮影している自分がいる。興奮している自分がいる。

「やっぱり。俺だってゾンビじゃないか」

一太が会見を終えて控室に入ってきた。

緊張から解放されたせいか、足元がふらついた瞬間、三佑が手を差し出した。

「兄貴、お疲れ、よく耐えたな」

「あぁ。まあ仕方ない」

その「仕方ない」が重かった。

「ここからが俺の勝負だから」

三佑の両目には表面張力の限界まで堪えた涙がたまっていた。「自分が泣いちゃいけない」。そう思いながら兄の会見を見ていたのだ。

一太は、三佑に言った。

「三佑、ごめんな」

三佑は一太のいきなりの言葉に意表を突かれた顔をする。

「え？　なんで謝るんだよ」

「あのな、俺が今、こうやって世間に公表するってことはさ、お前も余命宣告をされた癌の芸人の弟になったわけだよ。そうしたらさ、お前はさ、かわいそうな人の弟ってことになるんだよ。正直さ、今日からお前がバラエティーに出ても、かなりやりにくいと思うんだよな。芸人としてさ、邪魔してると思うんだよ。俺が。だからごめん」

三佑は涙を堪えながら、一太を睨みつけた。

「邪魔なんかしてねえよ。何言ってんだよ。兄貴も勝負してんだろ？　俺だって勝負なんだよ。兄貴が癌だってことを公表して、それで俺がおもしろく見えなかったらそれは兄貴の問題じゃない。俺の問題なんだよ。だから邪魔なんかしてねえから。ふざけんなよ」

そう言い切った三佑を見て、一太は小さな笑顔を見せた。兄として、芸人としての安心。

一太がカメラを回す勝吾を見て言った。

「大丈夫でしたか？」

その言葉に対して「お疲れさまでした」としか言えなかった。だがそのあと、自分の気持ちに蓋を出来ず、勝吾は口にした。

「マスコミのみんながゾンビに見えました。一太さんに向かっていくゾンビ」

「ゾンビね。いい喩えかも」

「でもね、結局、僕もカメラ回してて、同じなんじゃないかって思えてきて」

勝吾の気持ちを聞き、一太はカメラに目線を向けた。

「真宮さん。仮にあなたがゾンビだとして。あなたみたいな本気のゾンビに食べられたら、僕も本望ですよ」

一太は笑った。

「それにさ、会見は入り口でしょ？　あなたが提案してくれたことを、これからやらなきゃいけないんですよ。分かってますよね？」

これで終わりじゃなかった。これは入り口だった。

勝吾が一太にした提案。

まず会見を行い、自分が癌になったことを公表する。そのあとが大事だった。会見が行われると、おそらくその事実はメディアで報じられ、三時間もあれば、かなりの人が一太のニュースを知るだろう。

世の中がその状態になっている中で、一太と三佑は二人で街に出る。勝吾がカメラを回すその前で、街ゆく人を捕まえて、その人たちの前で、言うのだ。「僕らに一分時間をください」と。

そう。彼らが芸人として行き詰まってやったこと。そしてブレイクのきっかけになったことを、再び街で行う。しかも、一太が癌になったことを街の人が知っている状況で。癌になり、余命を宣告されたかわいそうな人が、いきなりネタを始める。本来なら笑えるはずがない。笑うはずがない。だけど、それを超えて、二人は、一太は、笑わせることが出来るのかどうか。その挑戦をネットにアップする。あの頃のように。

会見は一太にとってはフリでしかない。勝吾のカメラにおさめられる挑戦と、それをネットにアップすることまでが、一太にとっての「発表」となるのだ。

それが勝吾からの提案だった。一太はまたしても「おもしろいと思います」と、これに乗った。

ここで改めて勝吾は、一太に聞いた。

「本当にやりますか？」

「もちろんですよ」

即答する一太。

「真宮さん。最初はね、この撮影をお願いした時はね、自分のために作りたいと思いました。芸人、入鹿一太の生き様をね、残しておきたいって。だけどね、今となってはちょっと変わってきたんです。理子のお腹の中にね、僕との子供がいる。子供にはね、多分会えないと思ってます。僕が運よく生きることが出来てね、会えたらね、二つ目の奇跡。だけどね、前にも言ったけど奇跡は一つで十分です。だからね、子供のためにもね、僕の生き様を残したいなって。いつか子供に見てほしいんです。今日の会見も、この後の姿も。世の中に芸人なんて沢山います。その中でね、こんな挑戦出来るの、僕しかいないんです。ありがたい」

三佑も力強くうなずいた。

「どこの街でやりますか？」

勝吾が聞くと、一太はニヤッと笑った。

「やっぱり思い出の街。理子と出会った三茶でやります」

勝吾は、癌であることを世の中に発表する方法を相談された時に、もし癌がこのまま進行するなら、今後、一太が芸人として身震いするような仕事をするのは難しいのではないかと考えた。

勝吾が回しているカメラの前で、芸人として何かに挑むとするなら、限界は意外と早く来る。今しかないんじゃないかと考えた。

何を提案しようか考えている時に、会社のデスクのパソコンで希美が何気なく見ていたのが、入鹿兄弟が売れるきっかけになった動画だったのだ。

「これだ」

思わず声が出た。

芸人としても大きな挑戦となる。癌という病を抱えた人間は人を笑わせることが出来るのか？　人は笑うのか？

こんな機会でもないと、やることは出来ない。

勝吾の提案に、見事に一太は乗った。

だから今、三茶のキャロットタワーの前に入鹿一太と三佑は立っている。あの頃のように。

一太が勝吾に向かって言った。

「やりましょう」

勝吾の指が録画ボタンを押した。

入鹿兄弟の、一太の挑戦が始まった。

入鹿兄弟がキャロットタワーの前をうろうろすると、すぐに通りがかりの人が気づいた。ただでさえ知名度も高い。しかも先ほど一太が会見をしたばかりだ。

「入鹿兄弟だ」

「え？　本物？」

「癌になったんだよね？」

そんな声も当然一太の耳には入ってくる。

スマホを出して、カメラで撮りだす人もいる。ただいつもなら、みな笑顔でカメラを向けるのだろうが、やはり癌を公表した人に対して笑顔は見せない。それをエチケットと思っているのかもしれない。

一太が先導して歩きながら最初のターゲットを探す。買い物帰りの六十過ぎの主婦と一太の目が合った。最初にこの企画を始めた時と、似たような人。

「あ、もしかして、あの方ですか？」

三佑がその主婦の前にさっと立って捕獲するように行く手を阻み、一太が話し始めた。

「そうです。あの方です。で、あの方ってどの方ですか？」

主婦は慌てながらも答える。

「あの、テレビ出てる芸人さんで」

「で？　何？」

「いや、あの」

何か言いづらそうだ。

「今日の会見、見てくれました？」

一太がズバッと斬り込む。

「あ、見ました。大丈夫なんですか？」

「大丈夫だからここにいるんです」

「お姉さん、ちょっとお時間いいですか？」

三佑が主婦にグッと近づく。

あの頃のように、今から行うことを一太が説明する。

「ご存じのようにね、僕ね、さっき会見したんですけど、肺癌になりました。医者からは余命宣告されたんです。でもね、全然元気です。今。そんな僕らが今、あなたの前で全力で一分のネタをやるので見てもらえますか？」

「ネタですか？　ここで？」

かなり驚き後ずさりした主婦を、三佑が元の位置に戻るように促す。

「いいですね？　見てもらえますね？」

そこまで言われるとNOとは言えない。

「じゃあ、いきます。一分スタート」

一太がスタートの声をかけると、勝吾はカメラを回しながらストップウォッチをスタートさせた。

一太と三佑は一度、右と左に分かれて、主婦の前に小走りで走ってきてネタを始めた。

あの頃のような粗いネタではない。最近も劇場でやっている「ダメなピザ屋」の鉄板ネタを一分に縮めたものだった。

一太が全力で体を動かし、声を荒らげてボケる。三佑が大きく突っ込む。

二人がネタを始めると、近くにいた人たちが集まってきた。みんなボソボソ言っている。

それが勝吾の耳には届いた。

「癌になったんだよね」

「死んじゃうんだよね」

そう言いながら、みなスマホを向けて、写真を撮る。動画を撮る。

興味を持ち、カメラを向けるが。

みな笑い声を出すことはなかった。

今日、会見を開いて癌になったことを発表した人がいきなり街に出てきた。それだけでも驚くのに、その上ネタをやっている。

ただ、余命を宣告された人が全力でネタをやっていても、芸人ではなく、癌になった人の行動として見られてしまうのだ。

だから笑わない。

「一分たちました。終了です」

勝吾が声をかけると、一太と三佑はネタを終えた。

結局目の前でネタを見てくれた主婦は、ずっと苦笑いだった。

全然笑わないならまだいい。しかし、劇場だったら100％ウケているそのネタを見て、苦笑いされたことで、一太の心は折れそうだった。

「お時間いただき、ありがとうございました」

三佑がそう言うと、主婦は、

「がんばってくださいね」

と言って去っていった。今までも街中で「がんばってね」と言われたことはあるが、明らかにその「がんばって」とは違うのが分かった。

一太は自分が始めたこの挑戦が、芸人としてどれだけ厳しいものなのか、この瞬間身に染みた。その空気を感じたのか、三佑が言った。

「兄貴、どうする？　やめてもいいよ」

それで逆にスイッチが入ったのか、一太が言い返す。

「やめるわけねえだろ」

一太は、近くにいる人にどんどん声をかけていった。みんな驚くが、話は聞いてくれる。

声をかけられた人は１００％に近い確率で、一太のニュースを知っていた。

改めて、一太が癌になったことを伝えて、ネタを見てほしいと伝える。

全力でやる。

三十代のサラリーマン。

食事に行く二十代の二人組の女性。

若いカップル。

みな見てくれるが、笑ってはくれなかった。当然ネタがおもしろくないわけではない。

目の前で癌になった人がやっているネタは、「がんばってやっているもの」に見えてしまうのだ。

命を削ってやっているものに見えてしまう。

お腹の膨らんだ妊婦は、二人がネタをやっているのを見て、泣いてしまった。自分の旦那さんだったらと想像してしまったのだろう。

「最後まで諦めないでくださいね」

そう言って帰っていった。

思わず一太が下を向いて止まった。そんな一太を三佑は心配そうに見守る。

「兄貴、もうやめようか」

三佑が言った。

この記録はドキュメンタリーに残る。やめるにしても一度も笑いを起こせずやめるのは一太は絶対に嫌だった。

「まだまだ、やるぞ」

一太は歩きだした。力強く。

次に一太と目が合ったのは女子高生だった。髪の毛を背中まで伸ばした、真っすぐな目をした女子高生。

「ちょっと時間もらえませんか？」

女子高生はコクッとうなずいた。

「え？　もしかして入鹿兄弟ですよね？」

一太と三佑が前に立ち、ネタを始めた。

あの時、売れていない時に始めたこの企画で、最初に笑ってくれたのは女子高生だった。

それが理子で。自分の妻になった。

ゲンを担いだわけではないが、自然と目が合ったのが女子高生だった。

全力で漫才を行う一太と三佑。

「もしこれで笑わなかったら、今日はやめた方がいいかもしれない」

カメラを回す勝吾の顔に不安が滲みだした時だった。

クスッ。

笑った。女子高生が笑った。

決して無理して笑ったわけではないのが分かった。

一太がテンションの高いピザ屋の動きをすればするほど。

笑った。

手を叩いた。劇場で見ているお客のように。

その笑顔は、一太の中ではあの時の理子と重なっていた。

「終了です」

勝吾の声が聞こえると、一太と三佑は思い切り笑みを浮かべて、ハイタッチをして抱き合った。

　そして二人は女子高生に向かって頭を下げた。

「ありがとうございました」

　勝吾がカメラを持って、近づいてきた。そして女子高生に言った。

「一つ聞いていいですか？」

「はい」

　急に勝吾に話しかけられた女子高生が怪訝（けげん）そうな表情を浮かべた。

「あ、この二人の撮影をしていて。あの、今のネタおもしろかったですか？」

「はい。おもしろかったです」

「実は、何人もの人にネタを見せてたんですけど、笑ったの、あなたが初めてなんです」

「そうだったんですか？」

　一太が思わず口を挟む。

「いや、マジで誰も笑ってくれなくて超ヘコんでて。助かったーー」

「あの。実は」

　女子高生が何かを話そうとしてくれているのが分かった。

「実は、私の父も、癌なんです。肝臓癌だって言われて。まだ四十五歳です。もう治療は出来ないみたいで。一太さんと同じ状況で。最初はね、それを言われて、受け止められなくて悲しくて、毎日泣いてました。だけど、父は、やれる限り仕事するって言って。毎日会社に行ってます。今まで通りに毎朝会社に行って、夜戻ってきて。お母さんのご飯食べて、みんなと話して寝るんです。普通なんです。余命を宣告されてるのが嘘みたいなんですけど、普通なんです。だけど、父は、普通を全力で生きてるんですよね。普通でいい。だから私たちも普通でいい。普通を意識して生きてたら、前より毎日に感謝出来るようになりました。さっきネットニュースで知ってビックリしましたよ。そしたら、目の前でネタやってくれて。一太さんはお笑い芸人ですよね。ネタやって笑わせるのが普通なんですよね。これが普通なんだって思って見てたら、普通に笑えてきました」

そう言われて一太は後ろを向いた。その理由は分かった。

「ありがとうございました」

女子高生は笑顔でお礼を言って去っていった。

一太は、滲んだ涙を拭いながら、勝吾に言った。

「僕ね、体が許す限り、普通に芸人やります。普通に」

一太は三佑と普通に芸人でいるために、舞台でネタをやることを望んだ。

勝吾はそこから作品として仕掛けることはなく、芸人として普通に生きる一太を撮影した。

だが。

その普通が終わる時が来た。

第十一章

一太と結婚してすぐに、理子は入鹿兄弟の漫才を見に行った。劇場でネタを見るのは初めてだった。新宿駅に隣接する施設の中にあった劇場でのライブ。十組登場する芸人の中で、入鹿兄弟は八番目に登場した。

理子は泣いた。涙が出るほど笑ったのだ。自分の夫が、人を笑わせてお金を稼いでいることを実感した日だった。

ライブを見た後に、一太と三佑と一緒に焼肉に行き感想を熱く語ったのだが、一つだけ注文を付けた。

「せっかく兄弟コンビなんだから、衣装とか揃えたら？」

「いやいやいや、一番イヤだよ、そういうの」

一太は理子の提案を拒否した。スーツを揃いのものにするとか、これまで何度か考えたことがあるが、兄弟だからこそやりたくないのだと言う。

「じゃあさ、靴はどう？　靴くらいは揃いのいい靴にしたらどうかな？」

「いや、理子の言ってることも分かるけどさ、なんかさ、自分らで揃いの靴買って履くとか、ちょっと照れるだろ。なあ？」

三佑もうなずく。だが、理子は負けない。

「だったら私、買ってあげる。揃いの靴。だから履いて。奥さんに言われたら理由になるでしょ？」

理子は貯金を下ろして、一太と三佑の革靴を買った。二足あわせて二十万円ほどした靴。理子は、そんな高い買い物をしたことはなかったが、自分の旦那が一番輝く場所で履く靴だからと奮発した。

それ以来、一太と三佑は漫才をする時は必ずこの靴を履いた。回数を重ねる度にその靴が二人に馴染んでいくように見えた。

あの日も二人はその靴を履いた。一太が癌を公表した後に、街中で人を笑わせるために全力を出したあの日も。

一太が家を出る時、理子は玄関まで見送った。

「行ってらっしゃい。体調悪くなったら無理しちゃダメだよ」

「大丈夫だよ。無理はしない」

一太は理子のお腹に手を当てて言った。

「お父ちゃん、笑わせてくるからな」

そう言って出かけていった一太の背中からは、芸人としての生き様と、父になることへの強い思いが滲んでいるように見えた。


そして。都内で桜がほころび始めたある日のステージで、一太と三佑はいつもの揃いの靴を履き、漫才をした。

この漫才が一太の最後の仕事となった。

これが最後と決めていたわけではなかった。

だが、癌に侵された体がいよいよ限界を迎えつつあることを一太は強く感じていた。だからこの日の漫才終わり、楽屋に戻る廊下を歩きながら一太は三佑の背中に向かって言った。

「今の漫才で最後になるわ。ごめんな」

最後の日を事前に決めると、最後の漫才はいつもと違うものになってしまうと一太は思っていた。だから決めてこなかったが、この日の漫才中に肉体の痛みを感じ、決めた。そして旅行に行くことでも告げるかのように、三佑に告げた。

三佑もいつかその日が来ると覚悟はしていただろう。だが、その日は一太の言葉で突然訪れた。

突然訪れた最後の舞台。三佑は振り向かずに一太に、兄に言った。

「そっか。兄貴が舞台を降りても、俺はこの先もずっと入鹿兄弟として芸人続けるから」

その声は震えていた。

「今までお疲れさま。俺と一緒にお笑いやってくれてありがとうな。兄貴」

真っ白な廊下を歩く一太と三佑の足には、理子が買った揃いの革靴。

この日、揃うのが最後と分かった革靴が、大きくその音を響かせているようだった。

カツン、カツンと響く足音。足音も泣いていた。

この瞬間も勝吾はカメラを回していた。

一太の横で淡々と。

廊下を淡々と歩く二人の距離感が、言葉以上の意味を持っていた。

三佑の目に涙が浮かんでいるのも想像出来た。だが、決して前に回り込んだりすることはせず、カメラを持ち静かに記録した。

ここまで撮影してきた勝吾には、一つの悩みがあった。

（この物語をどこで終わらせればいいのだろう？）

　このまま撮影を続ければ一太の体は癌に蝕（むしば）まれ、やがては死を迎える。そんな姿を撮影していくことになる。

（それでいいのか？）

　これから起こっていく悲しい現実をカメラにおさめていっていいのか？

　一太のその姿を見たくないという強い思いもあった。勝吾が作ってきたドキュメンタリーの中で、一番長い撮影期間になっている。一太という人に対して、男として惚れていた。自分に撮影を頼み、自分の仕掛けを受け入れ、挑戦していく姿。自分と同世代の男にリスペクトする気持ちを抱いたのは初めてだった。

　楽屋に戻った一太と三佑は扉を閉め切って話していた。勝吾はカメラを入れなかった。

　一時間ほどたった時。三佑がタオルで目を押さえながら出てきて、一言も発さずに帰った。限界だったのだろう。

　勝吾は一人で楽屋に入っていく。一太はすがすがしい顔をしていたが、勝吾を見て、いつもとの違いに気づいたようだった。

「カメラ、回さないんですか？」

「はい。実は、今日で最後にしようと思うんです」

「最後っすか？　今日で」

確認するように勝吾の目を見た。

「はい。一太さんに依頼されて、生き様を追ってきました。この作品の最後は、こないだの街中の漫才にしようと思っています」

勝吾のその言葉を聞いた一太は、

「このあとはいいんですね？」

と確認してきた。勝吾は本音を言うことにした。

「正直ね、一太さんを撮影する前は、一人の芸人さんという認識しかなかったんです。だけど今は違います。僕は一太さんのことを心からリスペクトしています。だからね、この気持ちで撮影していたらね、一太さんに対して湧いてしまった情が邪魔すると思うんです。だから」

そう言うと、一太は数秒黙ったあと笑顔を作った。

「分かりました。真宮さんがそう思うんだったら、それが正解だと思うんです。今まで本当にありがとうございました」

一太は立ち上がり、勝吾の右手を両手で握った。

その手はとても温かかった。

これまで撮影したカメラ越しの記憶が一気に蘇って、勝吾は涙が溢れそうになった。

一太はそんな勝吾に言った。

「真宮さんに頼んで良かったっす。見るの、楽しみにしてますから」

この作品が放送されるのは、一太が亡くなったあとだ。作品を見ることは出来ない。一太だって分かっているのに、勝吾に優しい嘘をついた。

「絶対見てください！　最高におもしろいやつ作りますから」

そう言って、勝吾は一太の手を握ったまま泣いた。

一太と別れたあと、希美に電話した。今の気持ちを誰かに伝えなければ、破裂しそうだったからだ。

「今日はとことん、飲みましょう。付き合います」

居酒屋のカウンターで、希美が一杯目の日本酒を飲み干した時に、一太がついた優しい嘘のことも話した。

それを聞いた希美は、ふと思いついたように言った。

「それって、嘘にしない方法もありますよね」

「どういうこと？」

「作品が放送されるのは一太さんが亡くなったあとになるけど、作品を完成させるのは、一太さんが生きている間でも、出来るんじゃないんですか？　勝吾さんが死ぬ気になって編集すれば」

確かにそうだった。これまで撮影してきたものをすべてチェックして編集して仕上げるのが、どれだけ大変で時間がかかることかは自分でも分かっていた。だが、一太の言ったことを嘘にさせない唯一の方法がそれだった。

「そっか。そうすればいいんだ。一太さんの生き様を追った作品を一太さん自身に見てもらえる」

勝吾はその日の夜から、会社の一番小さな会議室にこもった。すべての撮影素材を見直し、構成を立てていく。たった一人で。

そんな勝吾を希美がサポートしてくれた。メモの整理。食事の買い出し。疲れた時のマッサージ。

勝吾はまさに死ぬ気で向き合った。その画面で被写体となっている一太という男は、確実に死んでいく。死んでいくものの姿を作品にするなら、作り手も死ぬ気でやらなきゃ絶対におもしろいものなんか出来ない。一太がくれたチャンスを無駄にしてたまるかと思った。

これまでの作品は、すべて撮影を終えてから三ヶ月近くかけて作ってきたが、今回は一ヶ月で作り上げると勝吾は決めていた。

一太の命のリミットを考えていたから。

最後の漫才を終えた後、一太の体重は減り始めた。

一太が、あの日、漫才を最後にしようと思った理由は、体の痛みと、食欲が急になくなったことだった。自分の体の中で、癌の細胞が勝ち始めたのだと気づいた。

勝吾が会議室にこもって睡眠と体力と魂を削っている日々の中、一太の体重は落ちていき、ついに入院することになった。

これで最後になるかもしれないと、一太の顔を見に、沢山の友人と仕事仲間が訪れた。

皆、これが最後だという思いを隠して会いに来る。

「絶対治して、また会いましょう」

そう言われても、そうならないことは一太が一番よく分かっていた。みんなして同じ嘘をついていることが、なんだかおもしろく感じてしまうことさえあった。

一太は、妙に冷静でいることが出来た。それは、隣にいてくれる理子のお腹の子供が安定期に入って順調に育っているから。

そして勝吾が、自分の生き様を作品にしてくれるからだった。

自分の体力が急激に奪われていくのがはっきり分かった。ベッドから立ち上がり小便に行くことすらしんどいと感じ始めたからだ。

痛みも体中に散らばっていく。が、そんな時に、理子のお腹を触ると、希望が痛みを和らげてくれた。

笑顔になれた。

編集が大詰めにかかった時、希美のスマホに映像が届いた。理子からだった。

「もし可能でしたら、真宮さんに見せてくださいと夫が言っていました」

希美は、会議室で髭を伸ばし取り憑かれたような顔をしていた勝吾にその映像を見せた。

再生すると、病室の一太の顔。頬から肉が落ちたその顔で、病気の進行具合が分かった。

そして残された時間が少なくなっていることも。

ベッドの上の一太は笑顔を見せている。横に理子も腰かけている。

「真宮さん、お元気ですか？　理子のお腹の子は安定期に入って、すくすく育っています」

一太が理子のお腹を触る。

「そして。今日、理子から嬉しい知らせを聞きました。性別が分かったんです」

希美が持っているスマホを勝吾は食い入るように見ている。

「性別は男の子です」

映像の中で嬉しそうに手を叩く一太。

「それでね、早々と名前を考えました。名前はね、すごくベタです。さあ、何でしょう？ってクイズにしてる場合じゃないですね。名前はね」

スマホを見つめる勝吾の息が止まる。

「一太の一と理子の理を取ってね、一理。一理って名前にしました。一理あるとか言うでしょ？その一理です。どんなことにでもね、一つは理由がある。どんなに嬉しいことでもどんなに悲しいことでも、絶対にね、一つは理由がある。僕と理子が出会ったことにも、僕が癌になったことにも。僕が無精子症だったことにも、そして、二匹しかいなかった精子から、こうやって理子のお腹に命が宿ったことにも、必ず一つは理由がある。一理ある。その一つずつの理由をね、人間は死ぬまでずっと探して生きていくんだなって、ここに来て思いました。どんなに辛いことでもね、一つずつ理由探してるとね、これが結構おもしろいんです。僕と理子がね、出会った一つの理由。一番の理由はね、もう簡単です」

一太が理子のお腹に顔を近づけた。

「一理ー。聞こえてるかー？　お前が生まれてくるためだー」

一太はお腹に顔をつけたまま、カメラに向かって言った。

「生まれてないのに、親バカですいません」

そこで映像は終わった。

見終わった勝吾の体は震えていた。

そして希美に言った。

「この素材、使わせてくださいと言ってほしいんだ。それと、絶対に完成させます。絶対に一太さんに見せますって」

勝吾はこの日、今編集している部分を終えたら久々に家に帰り寝ようと思っていた。だがやめた。

一太からもらったこの最高の素材をどこでどう使うか。一から構成を見直すことにした。絶対に一太に見せる。最高の形にして。

一週間後の朝。希美が出社して、会議室に入ると、勝吾は床に寝ていた。

と思ったのだが。何か違った。ソファーに寝かせようと何度声をかけても起きない。

勝吾が倒れた。

疲労により発熱し、四十度を超えていた。病院に運ばれ、点滴を打ち、丸一日、睡眠を取り、やっと三十七度台に落ち着いた。

目を覚ました時、病室には希美と西山がいた。

「限界超えてるってよ。一週間は入院してくださいって」

西山に言われた。

「もうちょっとで終わります。編集させてください」

勝吾は立ち上がろうとしたが、西山におさえられた。

「ダメだよ」

「ダメとかないっすよ。その一週間の間に一太さん、死んじゃったらどうすんすか？　俺、一生後悔します。俺、そしたら多分、自殺します」

勝吾の目を見て本気だと分かったのだろう。パソコンを持ってきて病室で編集することの許可を、病院からもらってきてくれた。

医者からのストップがかかったら強制的にやめさせることと、希美か西山のどちらかが常に病室に付くことが条件となった。

勝吾はベッドの上にいながら、パソコンを開き、編集を続けた。

「絶対に間に合わせる」

病室で編集を再開した勝吾は、三日後に作品を完成させた。

完成した作品を希美が急いでデータにして、勝吾は外出許可をもらい、一太のいる病院に行った。

付き添いの希美は、病院の玄関で待機している。

勝吾が一太の病室の前まで行くと、理子が立って待っていてくれた。

「出来ました。なんとか」

「ありがとうございます。夫も楽しみにしてました」

「もし良かったら、感想でも教えてください」

「もちろんです」

「それじゃあ、失礼します」

「会っていかないんですか？」

「はい。その方がいいかなと」

一太の顔を見たかった。話したいことは沢山あった。だけどどれだけ話したって満足することなんかない。

自分にこんな大きな挑戦のチャンスをくれた一太にするべきことは、この作品を見てもらうことしかないと思った。だから会わずに帰ることにした。

その日の夜。

希美のスマホに映像が届いた。一太が、勝吾の作った「作品」を見ているところを理子がスマホで撮影したものだ。

希美はその映像を勝吾に転送した。

勝吾は病室のベッドでその映像を見た。映像の最後の場面を見た時に、我慢していた気持ちの蓋が外れてしまい、勝吾は理子に電話した。

「真宮です。映像を送っていただき、ありがとうございました」

「いえ。夫も本当に喜んでいました」

「あの、やっぱり。もし、もし」

「どうしたんですか？」

「こんなこと理子さんに言うの失礼だって分かってるんですが、もし、一太さんが、もう限界かもという時が来てしまったら。可能でしたら僕に電話もらえませんか？」

その言葉を言ったあと、電話の向こうで鼻をすすった音が聞こえた。

そして答えが返ってきた。

「もちろんです。ご連絡しようと思ってました。必ずご連絡します。出来ればカメラ、持ってきてください」

勝吾は電話を切って考えた。

（多分、理子さんも思っている。あれで完成じゃないと。もしかしたら一太さんもそう思っていたのかもしれない）

作品は仕上がり、一太はそれを見ることが出来た。だけど、その作品を見ている一太の姿を見て、強く思った。

（これで完成じゃない）

やはり一太の生き様を最後まで撮影すべきなんだと思ってしまった。

一太もそう思っているんじゃないか。だから理子は作品を見ている一太の映像を送ってきたんじゃないか？

勝吾は決めた。やはり、最後のその瞬間まで撮影しようと。

そして、それだけじゃなく。その先も。

撮影の日は、そこから一週間もたたずにやってきた。

深夜二十三時過ぎ。勝吾は会社のデスクで一太の素材を見ていた。仕事モードではなく、一太のことを懐かしむような気持ちだった。家に帰ってもいいのに、なんだか一太を見ていたい気分だった。会社には勝吾と希美しかいない。希美は時折コーヒーを持ってきてくれた。

そんな希美の気遣いが勝吾には嬉しかった。

勝吾のパソコンの画面には、初めて一太と会った時の映像が流れていた。その時。勝吾のスマホが鳴った。画面に「入鹿理子」の文字が出ていた。

それですべてを悟った。

勝吾が電話に出て話した。

電話を切り、希美と一緒に会社を出て病院に向かった。会社を出る時、勝吾は右手にカメラを持った。

病院に着いたのは零時前。病室に勝吾と希美が走っていくと、三佑と親族が廊下にいた。

「真宮さん」

「一太さんは？」

三佑が気丈に振る舞いながら伝えた。

「もう限界が来てます。僕らはもうみんな兄貴と挨拶しました。最後は理子さんと二人にしてあげようって」

三佑は勝吾の右手のカメラに気づいた。

「真宮さん、入ってください。部屋に」

「でも、理子さんと二人の方が」

「入ってあげてください。撮ってやってください。最後まで」

その言葉を聞き、勝吾は強くうなずき、病室の入り口を見た。

カメラの録画ボタンをＯＮにして、部屋に入った。

部屋の中では、口に人工呼吸器を付けた一太が寝ている。意識はない。

心拍数を計る音が寂しく鳴っている。

寝ているベッドの横で、理子が立ったまま一太の右手を握っている。

理子は勝吾が入ってきたことに気づいた。

「一太さん。真宮さん、来てくれたよ。来てくれた」

意識のない一太の耳元に叫ぶ。

勝吾はカメラを回しながら、部屋の一番隅に立った。一太の人生のラストシーンを撮影するために。

担当医師と看護師は入り口のぎりぎりのところに立っている。

勝吾が撮影しているカメラの中の出演者は、一太と理子。

勝吾はディレクターとして、一言だけ大きな声で叫んだ。

「一太さん。真宮です。やっぱりね、あれで終わりじゃない。最後まで撮影します。いいですよね？　撮影していいですよね？　っていうかもう、撮影してますけど」

叫んでいると、もう涙が止まらなかった。冷静でいなきゃいけないと思ったけど、涙が止まるはずもなかった。

理子も叫ぶ。

「一太さん。撮影してるよ。最後まで」

理子のその言葉を聞いた一太が、無意識の中で小さくうなずいたように見えた。

「聞こえたんだね。私の声、届いてるんだね」

理子は握っていた手を離し、一太の体の胸の部分に当てた。

すると。動かないはずの一太の右手がゆっくりと動き出した。

勝吾はその手の動きに気づき、カメラを向けた。

一太の手はゆっくりとゆっくりと何かを探るように動いていき。

そしてその手は。

膨らみ始めている理子のお腹を触った。

これから生まれてくる一理を触った。

一太の顔が笑っていた。

勝吾には分かった。勝吾が撮影しているカメラの中の出演者は、一太と理子。だが、一太が理子のお腹を触ることによって、出演者が、一太と理子と、一理の三人になったことが。

一太は最後にそれをしたかったんだと。

理子は泣き崩れながら叫んだ。

「一太さん。絶対元気に一理を産むからね。絶対、一理を元気に育てるからね。一太さんが残してくれた一理を絶対絶対元気に育てるから。ありがとう。ありがとう。ありがとう。ありがとう。一太さん、出会ってくれてありがとう。幸せでした。本当に。ありがとう。一理も言ってるよ。お父さん、ありがとう。って」

沢山のありがとうを詰め込んで、一太に伝えた。勝吾も流れ出る涙を拭きもせずにカメラを回し、心の中で叫んだ。

「生き様、撮影させてもらって、ありがとうございます」

病室に、一太の心臓が止まったことを知らせるモニター音が響いた。一太の人生が終わった。

慌ただしく看護師が病室を出入りする。

勝吾はカメラを止めて、近くのソファーに座っていた。ずっと涙が止まらなかった。

そこに理子が近づいてきた。涙を拭きながら。

理子は勝吾に言った。

「もし可能だったら、お願いがあるんです。これが終わりじゃなくて。今日が終わりなんじゃなくて」

理子はお腹を触った。

「それを使うかどうかは任せます。だけど、撮影してほしいんです。この子が生まれてくるところも」

理子は頭を下げた。

勝吾は立ち上がり、理子に頭を下げて言った。

「僕がお願いしたかったことを言ってくれてありがとうございます。さすが一太さんが愛した人です」


一太がこの世を去って一年たった時。勝吾の作ったドキュメンタリー作品は地上波の二時間の放送枠で、日曜日の午後二時から四時にかけて放送された。

一太との子供を理子が授かり、出産したことは番組放送まで伏せられていた。番組ですべてが発表される形になった。

放送後、大きな反響を呼び、番組丸ごとネットにアップされ、再生回数は一千万回を超えている。

真宮勝吾が撮影し、編集した、芸人、入鹿一太の生き様。

番組はスマホで撮影された一太の映像から始まる。ベッドの上で話す一太。

妻、理子のお腹の中の子供の性別が男だと分かり、その名前を発表しているシーン。

一理と名付けた父、一太の笑顔。

ここから、過去に遡る。番組のディレクターである真宮勝吾が、プロダクションの一室に呼ばれて入っていくシーン。そこで一太は、癌になったこと、余命宣告されたことを打ち明け、ドキュメンタリーを作ってほしいとお願いする。

ここで入鹿一太の生い立ち、なぜ芸人になったかが語られる。売れずに悩んだ結果、街中に出て、ネタを見せて笑わなかったら一万円をあげるという企画を行ったこと。それをネットにアップしたことがきっかけでブレイクしていった過去。

そして最初に笑ってくれた女子高生に数年後、番組でいきなりプロポーズをし、結果、結婚するまでの軌跡。

芸人として順調だった中での、癌という病気。余命宣告。

そして、残された人生の中で子供を作ることに挑んでみないかと提案する番組ディレクターに、実は無精子症だったことを告白する一太。

子供を作ることを諦め、夫婦で生きていくことを決めたこともカメラの前で語る。

そんな一太に、ディレクターは仕掛けた。無精子症の手術をしてみないか？　と。

一太はその提案に、「おもしろいですね」と言って乗った。

手術室で無精子症の手術を受ける一太。一太の中にたった二匹だけ精子がいたことが分かり、それを採取。そして顕微授精を行い、受精し、着床し、理子は妊娠した。

今度は一太が癌になったことをどう公表するか。番組ディレクターの提案により、たった一人で記者会見を開いて癌を公表した。そして、その直後、三佑と街に出て、街ゆく人を捕まえて笑わせることに挑んだ。癌を公表したことを街中の人は知っている。それでも、おもしろいネタをやれば笑ってくれるのか？

結果、一人の女子高生が笑ってくれた。あの時の理子のように。

それがネットにアップされて、大きな反響を呼び、そのコメントも紹介されていく。

「泣けた」。「感動した」。そして「入鹿兄弟のネタ、やっぱおもしろい」。

そこから時間が飛び。

病室。

意識のない一太に理子が叫ぶ。一太が無意識の中で理子のお腹に手を当てて笑い。

そして天国に旅立っていく。

すべて放送されている。


そして。そこからさらに時間が飛び。

病院、和室の分娩室。

カメラの向こうには、寝っ転がる理子がいた。

横で看護師さんが理子の手を握り、呼吸を落ち着かせようとする。

理子の顔の横には、一太の写真。

そして写真の横には、一太の靴が一足、きちんと揃えて置かれていた。理子が買ってあげて、ステージの上でいつも履いていた靴。

「もうちょっとですよ。がんばって」

看護師さんが理子に叫ぶと、理子の呼吸は激しくなった。

理子は右手を看護師さんから離し、その手を伸ばして、一太の靴を掴む。激しく掴んで。

苦しみながら、もがきながら、靴を掴み、理子が叫んだ。

「一太さん!!!!」

理子の体から流れるように出てきた新しい命。

「生まれましたよ」

看護師さんの声を聞き、理子の表情が緩んだ。

生まれたばかりの新しい命を、看護師さんが拭いて、タオルで包み、理子の顔のそばにそっと置いた。命の顔。

理子は横になったまま、涙と鼻水を出しながら、その新しい命の顔にそっと手を当てて言った。

「一理。元気に生まれてきてくれてありがとうね」

小さな一理をギュッと抱きしめた。

「一太さん、一理、元気に生まれてくれたよーーー」

ここでエンディングロールが流れる。

最後には、この作品を作ったディレクターの名前。真宮勝吾。

それで終わりかと思わせて。

もう一シーンあった。

最後のシーンは。

一太が勝吾の仕上げた作品を病室で見ているシーンだった。理子が撮影した映像だ。

自分の生き様を見て、一太が呟く言葉をつないでいる。

「俺、無茶苦茶なこと言ってるな」

「よくやったな」

「これ、本当に奇跡だわ」

「ありがたいな」

と、自分の生き様を見てずっと笑顔だった。

最後は、自分が癌を告白した日に街中でネタをやったシーンを見ている一太。

女子高生に笑ってもらったあとに、三佑とハイタッチする。

それを見て、一太は理子に呟く。

「やっぱり、俺、おもしろいな」

カメラの奥の理子が答える。

「もちろんだよ」

その声が聞こえたあと、映像はゆっくりと動いた。カメラが映したのは、理子のお腹。少し膨らんだそのお腹を、理子の手がなでている。

「お父ちゃんはね、芸人って仕事をしてるんだよ。世界一おもしろいんだよ」

最後に番組のタイトルが入る。「たった二匹」。

この番組を作り終えてから、勝吾はしばらくの間休みを取ることにした。

西山もそれを許した。

勝吾が作った「たった二匹」はギャラクシー賞やその年のドキュメンタリー賞のすべてを獲得した。

勝吾への取材も殺到したが、すべて断った。作品がすべてだと。

仕事の依頼もまた増えた。大御所芸能人からの密着してほしいという依頼も少なくなかった。

それもすべて断った。

入鹿一太という強烈なパワーを持った人間と向き合い、作品を作ってすべてを出し切った。

そのあとでオファーされたどんな「食材」も魅力的に感じなかったのだ。

自分が次に撮ってみたい作品もまったく浮かばない。

後日聞いたところによると、西山は、このまま勝吾の仕事に対するモチベーションがなくなってしまうのを恐れていたらしい。

そんなある日、希美が勝吾に言ったのだ。

「旅にでも行ってきたらどうですか？」

仕事以外で一人旅などしたことはなかったが、旅することで、何かが見つかるかもと思い、行くことにした。

今まで自分が行ったことのなかった県に行ってみた。

楽しくないわけじゃない。だけど、行く先々で考えてしまうのは一太のことだった。

そしてもう一人。勝吾の頭の中に浮かぶ人物がいた。

一ヶ月の旅を終えて東京に戻ってきた夜、勝吾は希美を呼び出した。

あの居酒屋に。

勝吾は旅しながらこれまでの自分を整理して気づいた。ポイントごとに、希美の言葉で動かされていたことに。

二人の前に日本酒が出された。

それを飲む前に、勝吾はあることを言おうと決めていた。

「突然なんだけどさ、今までありがとう」

「え？　どうしたんですか？」

「いや、ほらさ、気づくと、背中押してもらっててさ」

「え？　なになに？　そういうの勝吾さんに似合わないですよ」

「いや、だからさ、飲む前に言おうと決めてたんだけどさ。結婚してほしいんだ」

付き合ってもいない人に対して、勝吾は伝えた。「好きだ」とか「付き合ってほしい」ではなく、自分の横にこの人が必要だと思ったからこそ、根っこにある一番の思いをストレートに伝えた。

希美は笑った。

「私でいいんですか？」

勝吾と希美は日本酒のグラスを手に取り、一気に飲み干した。

第十二章

希美と結婚してから、避妊具なしでSEXをすれば、子供は出来ると思っていた。だから排卵日など考えず、したい時に本能のSEXをしていた。

だが半年以上たっても妊娠した様子はなかった。

希美は薬局で排卵日を調べる排卵チェッカーを買い始めた。より正確に分かった方がいいと思ったのだろう。

勝吾はあることを決めた。

ある夜、リビングでテレビを見ていた希美に勝吾は言った。

「俺さ、精子の検査に行こうと思うんだけど」

勝吾の気持ちを感じてくれたのか、希美は言った。

「ありがとう」

水曜日の朝。強い雨が降る中、勝吾は希美と一緒に、新宿にある有名なレディスクリニックで検査を受けることにした。診療が始まるのは八時半で、勝吾たちは早めに行こうと思い、三十分前に着いたのだが、その時すでに、長蛇の列が出来ていた。おそらく百人は並んでいる。先頭の人は、早朝五時前には着いていたようだ。

一人で来ている女性もいれば、旦那と一緒に来ている人もいた。勝吾の目には、その列に並んでいる男性が、みな奥さんに連れてこられているような空気を醸し出しているかに見えた。

その中には、一太と同じように、自分の体に精子がないと診断された人もいるかもしれない。特に伏し目がちな男性を見ると、罪悪感を抱きながら並んでいるようにも見えてしまった。

勝吾も傘を差して列に並ぶ。八時半に診療が始まったが、二時間待ってもまだ名前が呼ばれない。

希美は病院で待つことに慣れているかのように、持ってきた小説をゆっくり読んでいる。勝吾は、長時間待っていることへの苛立ちと、人生初の精液検査が始まるソワソワ感が入り混じった状態で、スマホをいじるが中身が頭に入ってこない。

すると、診察室から女性が出てきて、病院の女性のスタッフに言った。

「また、がんばります」

ハンカチで涙を拭いていた。四十代と見られる女性。勝吾は想像した。体外受精を行ったが、着床しなかったのかも。それゆえの涙。そして「また、がんばります」ではないかと。

このクリニックに産婦人科はない。ここに来ている人の多くは人工授精か体外受精で子供を授かろうとする人だ。

目の前の夫婦らしき男女が小声で口論を始めた。

「ごめん。もう会社行かなきゃいけないんだよ」

「もうそろそろ呼ばれるから。もうちょっと待ってよ」

「まずいって。十時には終わるって言ったじゃん」

「仕方ないじゃん。混んでるんだから」

「いや、だってもう三十分過ぎてるし。もう行くよ」

「結局そうじゃん。協力する気ないんじゃん」

「そんなことねえよ。今日だって会社行くの遅らせてもらってるし」

「本気じゃないじゃん」

「本気だって言ってんじゃん。っていうか、なんだよ」

男性が立ち上がり去っていった。残された女性は、大きくため息をついて一人寂しく帰っていく。去っていく女性の目には涙が溢れている。希美も気づいていたはずだが、本から目線をはずさない。周りの女性も気づかないフリをしている。

勝吾は数分の間に、二人の女性の涙を見た。ここで待つ人もみな、涙を流す可能性がある。だからこそ、同情しても何も始まらない。周りの女性も気づかないフリをしている。

その引力に引きずられないように、見て見ぬフリをしている気がした。

医療のアシストを得て子供を作ろうとする時、妻と夫の気持ちと考えに少しでもズレがあると、うまくいかないのだと改めて気づく。

病院に着いてから三時間半たった頃、勝吾の名前が呼ばれた。一気に血液の流れが速まる気がした。

「行ってくるわ」

希美は優しくうなずいた。

「がんばってね」

なんだか照れた。でも、そう思えるだけまだ余裕がある。

一太の精液検査の映像を見ていただけに、基礎知識はあった。

だが実際に精液を採取する部屋に入り、勝吾は思った。普段の「自慰行為」は命の種である精子の無駄遣いだったんだなと。自分の快楽と引き替えに、命の種を殺しているのだなと。

だからとてつもない快楽を感じることが出来るのかもしれない。何億もの命の種と引き替えにしているのだから。

本来なら興奮を膨らませて行う「自慰行為」だが、検査のための精液を採取するとなると興奮が膨らまない。いつもなら無駄死にする精子が、この日は意味を持つ。いつもと違って、その高ぶりがなかなか訪れない。日々の自慰行為は、性器をしごくのはあくまでも入り口で、感情と脳をしごいているのだと、そんなことも考えてしまう自分に笑えてきた。そして感情が高ぶらない中で精液採取をしていると、自分が握っている性器がなんだか排水管のようにも感じた。自分のものでもないような感じで。

出来る限り、急ぎ、射精をし、半透明のカップに入れた。

半透明のカップの中に垂れ流れていく自分の精液を見る。いつもならティッシュで拭き取った精液に対して何の感情も湧かないが、これからこの精液が検査され、自分の分身が診断されるのだと思うと、僅かながら愛着が湧いた。

精液の採取が終わり待合室に戻ると、希美がポツリと言った。

「お疲れさまでした」

なんだか照れたが、この一言を言ってくれた希美に対して、また愛しさが増した。

三十分ほど待つと、名前が呼ばれて、勝吾と希美は診察室に入った。

医者が勝吾に手渡した名刺サイズの小さな紙。そこには人生で初めて経験した精液検査の結果が書かれていた。

そして医者が口を開き伝えた。

「正常形態精子率がやや低いですね」

その言葉を理解出来ていない勝吾の気持ちを察して、医者は別の言葉に言い換えて伝えた。

「精子の奇形率がやや高いですね」

横に座っていた妻、希美の視線が勝吾の右手に持つ紙に刺さっているのが分かった。視線は硬く、冷たい気がした。

精液検査の結果、「奇形率がやや高い」と言われ、勝吾はまだ飲み込むことが出来ない。

希美の視線はゆっくりと勝吾の顔に向かって上がっていき、勝吾の目を捉えた。自分を見る希美の目が、今まで見たことのない色を宿しているように思えた。

医者は再び口を開いた。

「形もそうですが、運動率もよくありません。なので早めに体外受精に移行された方がいいと思います」

男性は現実を突きつけられた時に誰しもが思う。

勝吾も、またそうだった。

子供が出来ない理由が、自分の種のせいだったなんて。

診察室から出た後、勝吾は希美を見ることが出来なかった。自分のせいだったのだから。

だが、希美は笑顔を作り勝吾に言った。

「今日、わざわざ検査してくれてありがとう。本当に感謝してる」

希美は勝吾を見つめた。

「はっきり言うね。赤ちゃんは欲しい」

希美が力強く言い切った。

「赤ちゃんは欲しいよ。欲しい。でもね、がんばって出来なかったなら仕方ない。子供がいなくたって幸せな夫婦は沢山いるんだからさ。時間かかるかもしれないけど、子供が出来ない時にはそれを受け止めて、二人でゆっくり消化してさ、その分、楽しい時間を増やしていこう。ね？」

「ありがとう」

一言発するのが限界だった。希美が話してくれている時に、一太と理子の顔が浮かんだ。一太が無精子症だと分かった時に、きっと理子と一太もこんな話をしていたに違いない。そうやって整理をつけたのに、自分がカメラを向けながら、無精子症の手術を受けて子供を作ることを提案した。どれだけ辛いことを選択させたか今になって理解出来た。申し訳なさと自分への怒り。そして、今度は自分たちがその沼にはまっていることへの焦り。

「ちょっと会社で企画を考えてくるわ」

そう言って逃げた。現実から。希美と一緒にいて話す言葉がなかったからだ。

会社に着いた勝吾は椅子に座ると、なんとなく無意識に自分のデスクの右の引き出しを開けていた。そこには、勝吾がこれまで作った作品がＤＶＤに焼かれて整理してあった。

作品のタイトルを見て、懐かしい気持ちになった。

最初に作った作品。「ホームレスだって夢を見る。でも……」のＤＶＤをパソコンで再生した。勝吾は自分の作った作品を放送後に見ることはほぼない。再生が始まると、そこに入る自分の若い頃の声に照れる。

この物語の主人公とも言うべき人が画面に現れた。ホームレスのボブさん。

画面の中の自分が、ボブさんに夢を聞くとボブさんは答えた。

「夢か。夢ねぇ。そうだな。種が欲しい」

これを撮影していた時は、ボブさんの精子がないという「悲劇」に遭遇出来たことに、内心喜んでいた。今は違う。今の自分と同じ気持ちになった人も沢山いただろう。

見終わって、胃がムカムカした気持ちになった。

　DVDをケースに入れて、引き出しにしまった。それで終わりにしようと思っていたが、次のDVDを手にして再生した。「スイーツモーニングTV」で自分が出した企画「今日、生まれました」の最初に作った作品。

　結婚して十年、子供に恵まれなかった東山瑞穂と夫の伸輝。

　子供を産んだ東山瑞穂に自分が聞いた。「新しい命の顔を見て、何て言ってあげたいですか？」と。瑞穂は赤ちゃんを見て答えた。「私たちを選んで来てくれてありがとうね」

　そこに映っている幸せが、感動が、今の自分には痛い。

　この作品を一緒に作っていた、和田有紀が頭に浮かぶ。

　東山瑞穂が出産した日。有紀と一つになった。結果、有紀は妊娠した。そして有紀に堕胎させた。有紀が堕胎の手術をした日、勝吾は病院から逃げた。子供を作っておきながら、堕胎させておきながら逃げた。あの時の有紀への申し訳なさは思い出すだけで息が出来なくなるほどのものだ。

　画面のVTRは、東山瑞穂の回を終えて、次の「今日、生まれました」になっていた。

　大神響子の回だ。夫の拓海が無精子症であることを受け入れて、精子バンクの精子で子供を作ることにした夫婦。

あの時も、あの夫婦の傷に寄り添っていたつもりだけど、そのドラマチックさに興奮していただけなのだ。「好奇心の対象」だった。

どんなに沢山の感動を与えた作品でも、見た人全員が幸せになるわけではない。子供が生まれた映像は、その日、堕胎した人には見るに忍びない映像になる。勝吾のように自分の種で悩む人も同じく。

自分の中で渦巻く色んな色の感情を消化させるために、会社を出た。歩くことしか出来なかった。だけど歩けば歩くほど、消化するどころか、渦巻く感情は複雑に重なった。

駅前に人影は少ない。公衆トイレの前で、汚れた水色のキャリーに荷物を載せて移動している一人のホームレスが目に入った。そのホームレスの雰囲気に見覚えがあり、自分の過去に照準が合っていく。

もしかしてあれは、勝吾が作品を作り、放送した後に、いなくなった。

ボブさんだった。

勝吾には分かった。キャリーを押しながらゆっくり歩くボブさんのところに走った。

その勢いにボブさんは襲われると思ったのか、さっと背を向けて逃げようとした。

「ボブさん？　ボブさんですよね？」

ボブさんはピタリと足を止めて振り返り、勝吾を見た。

「どこかでお会いした方ですか？」

「ずっと前に、ボブさんが渋谷にいた時に、インタビューさせてもらった者です」

ボブさんは自分の記憶を辿っているようだった。

「そんなことありましたっけね」

「『ホームレスだって夢を見る。でも……』って番組で、ホームレスの方に夢を聞いていくっていうドキュメンタリーで」

ボブさんは笑い出した。

「ホームレスに夢を聞いたんですか？　おもしろいことを考えますね」

「その時のボブさんの答えが、とても印象的で、番組の軸になったんです」

「その番組で、私は何て言ってたかな？　その時の私は、自分の夢をなんて言ってたかな？」

ボブさんの顔は無表情だった。

「種。種が欲しいって言ってました」

「種？」

「精子です」

それを聞くと、ボブさんは大きく笑った。

「そうか。そんなことを思っていたなー」

過去形だった。ということは、その夢は過去の夢。勝吾は聞かずにはいられなかった。

「あの、もしよければ教えてもらえませんか？」

「何を？」

「夢。今の夢はなんですか？　あの頃とは違うんですよね」

その質問にボブさんはしばらく俯き、顔を上げると答えた。

「もうちょっと生きてみたいな」

「なんで、そう思うんですか？」

「今まで色々あったけどさ。生き続けるとさ、気づくんだよ。生きるっておもしろい」

ボブさんの顔には清々しささえ見えた。

そしてキャリーに手をかけ、今度は勝吾に聞いた。

「もし良かったらあなたの今の夢、教えてもらってもいいかな？」

その質問が自分に飛んでくると思っていなかったが、素直に答えてくれたボブさんに、自分も本音を言うべきだと思った。最初に浮かんだ気持ちを口にした。

「僕の今の夢は。元気な種が欲しいっす」

ボブさんは、ニヤッと笑った。

「相変わらずおもしろいな、君も」

そう言って去っていった。


家に帰ってきた勝吾の顔を見て、希美は気づいた。

勝吾なりの答えを見つけたんだと思った。

「ちょっと聞いてくれるかな？」

「どうしたの？」

「俺さ、ようやく次に作りたい作品のテーマが見つかったよ」

「え？　本当？」

希美はその言葉を待っていた。だから心の底から言えた。

「おめでとう」

「何を作るか聞かないの？」

「教えてくれるの？」

勝吾は、スマホを取り出して、インカメラにして撮影を始めた。

「次に作りたい作品はね。自分」

「自分？　どういうこと？」

「つまり、俺。俺が俺をテーマに作るんだ」

「自分を撮るってこと？　ドキュメンタリーで？」

「俺さ、これまで自分が作ってきた作品を改めて見たんだ。なんだかんだ言って俺の作ったものには何かと『種』、種が共通してる。種で悲しんだり、喜んだり。そんな俺が自分の種に問題があるって言われてさ。こんなことあるんだって思った。だけど、大事なことに気づけてなかった。俺はおもしろいんだよね。人の命を撮ってきてさ。肺癌で余命宣告された人に、精子採る手術させて作品にしてる。そんな俺が種で悩んでいる。そんな俺の人生はさ、おもしろいんだ。だから、自分のことを撮ろうと思うんだ。命を授かるために、自分が思い悩みながら奮闘する姿を撮影しようと思うんだ。これをネットでアップする。笑う人もいるかもしれない。腹が立つ人もいるかもしれない。傷つく人もいるかもしれない。だけど、共感したり、希望を持ったり、応援してくれる人もいると思う。いつかどこかで何かの答えが見つかった時に一つの作品に出来ればいいなと思うんだ。ただこれは勝手な俺の思い。夫婦のことだからさ。少しでも嫌だなと思うなら言ってほしい。どうかな？」

　カメラと希美に向かって喋る勝吾の姿を見て、希美は嬉しかった。戻ってきた。勝吾が。そしてまた進もうとしている。

　希美は勝吾をギュッと抱きしめて言った。

「嫌なわけないじゃん。だって、私も勝吾さんの作品になれるんでしょ？」

勝吾も希美を抱きしめた。

「誰の人生だってさ、俯瞰で見たら、おもしろいんだよね。勝吾さんは特に」

「そうだよな。生きることはさ、結局、おもしろいんだよ」

するとと希美は勝吾の目を覗き込むように聞いた。

「タイトル。その作品のタイトルは決まってるの？」

「うん。決めた」

「なんてタイトル？」

勝吾は大きく息を吸って、そして答えた。

「僕の種がない」

解説

大島美幸

まるで自分が作品の中に入っているような感覚になり、フィクションなのに、ノンフィクションのように読めました。自分の人生が、この物語の中にも入っているような気がして、いろんな涙が出てきたんです。私がこの本の著者である鈴木おさむの妻だからそう感じるのかもしれませんが、きっと読者さんもそういう感覚になるんじゃないかなと思います。

とにかく、物語として面白かったです。最初にドキュメンタリーディレクターの真宮勝吾が出てきて、彼の人生や作品、才能はあるんだけれどもダメな部分もたくさんあるところが語られていく。勝吾という人が、本当にいるかのような存在感がありました。そんな勝吾と一緒に仕事がしたいと、入鹿兄弟というお笑いコンビがやって来る。

入鹿兄弟は架空の芸人ですが、「この二人と私、会ったことがあるよね？」となるくらい、一つ一つのエピソードにめちゃくちゃリアリティがありました。路上ライブで通行人を呼び止めて、笑わなかったら自腹で一万円あげますって企画、おさむさんの番組の企画で若手芸人がやっていてもおかしくない。舞台や映画にもなった『芸人交換日記 ～イエローハーツの物語～』（二〇一一年、太田出版刊）を読んだ時もそうだったんですが、小説から、芸人さんに対する尊敬や憧れの気持ちが溢れ出ているのを感じました。特に今回の小説は、おさむさんの中にある「芸人はこうあるべきだ」という美学みたいなものも入っている。例えば、私にもよく「生き様が面白くあってくれ」と言うんです。入鹿兄弟の二人も自分たちにそう言い聞かせていますよね。

実は、入鹿兄弟のお兄ちゃんの一太は、ガンで余命半年を宣告されていた。勝吾に自分のドキュメンタリーを撮って、作品にして欲しいと言うんです。でも、ただ撮影するだけでは面白くもなんともない闘病記になってしまう。作品として面白いものにするために、勝吾は「残りの半年で、奥さんの理子さんと子供を作りませんか？」と提案をして……。もしも自分が理子さんだったらどうするか、と考えてしまいました。私だったら、きっと引き受けるな、と。

第八章ぐらいからドキドキし始めて、第一〇章からはずっと泣いていました。勝吾が撮った、一太のドキュメンタリーのタイトルが明かされた時は、号泣です。おさむさんは扉が開けっぱなしの小さな部屋でいつも書いているんですけど、この小説を雑誌で連載していた時だったと思うんですが、ちらっと見たら泣いていたんです。「泣いちゃったよ」って、涙を拭きながら部屋から出てきたのをよく覚えています。それぐらい本人ものめり込んで書いていました。

物語がちゃんと面白いものであるからこそ、男性不妊というあまり聞き馴染みのないテーマが飲み込みやすくなっているのかなと思うんです。ものすごくリアルで魅力的な登場人物たちに起こったことだからこそ、本人になりきることはできないかもしれないけれど、その人たちの友達になったみたいに共感しながら読んでいくことができる。

ご存じの方もいらっしゃるかもしれませんが、二〇〇二年に結婚した私たちは不妊治療を経て、二〇一五年に第一子を授かることができました。

男性不妊に関して、鈴木おさむも最初は世の男性たちと同じような反応だったんです。休業して妊活をしようということになり、「私は妊活や健康のためにダイエットをするけど、どうする?」と聞いたら、「俺は生活変えないから」と言ったんです。あの一言は一生忘れません。不妊は女だけの問題じゃないんだよ、男の問題かもしれないんだよということが、あの時は全然わかっていなかった。その後、二人で一緒に病院へ行って検査をしたところ、私は子宮筋腫が見つかり手術をすることに。おさむさんにも、精子の運動量がすごく悪いという結果が出ました。相当驚いていたと思います。

卵子はもともと持っている数が決まっていて、年齢とともに減っていくという知識はあっただろうなとは思うんです。でも、精子は自分の体の中で作り出すものだから、新鮮だし無尽蔵だし元気があって当たり前、と思っていたんじゃないでしょうか。「まさか自分が……」という衝撃が、この物語の出発点になっている。

その時もそれなりに勉強をしたみたいでしたが、連載中は本をたくさん積み上げてもりもり読んで、日本の精子研究の第一人者の先生のところへ通い詰めていました。取材から帰って来るたびに「いやー、びっくりしたよ！」と。小説を読んでみて思ったのは、男性不妊についての情報を自分の中にたくさん取り入れたうえで噛み砕いて、わかりやすく書かれているということ。顕微授精の手術シーンなどは臨場感たっぷりで、自分がお医者さんになっている感覚で入り込んで読めました。

今まさに不妊治療を頑張っている人たちはもちろん、この本が三〇代、いや二〇代、いやいやっぱり一〇代の若者たちに届いたら素敵なことだと思います。ぜひ学校の図書館などに置いてほしい。男性不妊について知るきっかけになったらいいなと。

日本は海外に比べて性教育が遅れていると言われていますよね。人はどうやって生まれるのかという一番大事な部分なのに、エロいとか恥ずかしいとか、知らなくていいことだと思われている。知らなければいけないことなんですよ。つい最近、博多華丸・大吉の大吉さんが、生理についての対談本を出されていました（高尾美穂との共著『ぼくたちが知っておきたい生理のこと』）。世の中がちょっとずつ変わろうとしている流れに、この本も関わっているのかなと思います。

おさむさんが「まさか自分が……」となったように、自分の精子に異常があると知ることは、怖いと感じる人も多いはず。でも、何も知らないことの方が怖いんじゃないでしょうか。自分の精子の状態を早い段階で知ることができれば、やれることも多いし考える時間も長く取れるわけで、単なる怖さとは違う種類の感情になると思うんです。パートナーの人ともこれからの人生についてのいろいろな選択肢を、前向きに話し合うことができる。

実は、私たち夫婦は昨年の春から、二人目の子供を授かるための治療を始めています。一回目は人工授精で息子が生まれてきてくれたんですけども、今回は顕微授精を試みています。お互いに歳を取ったことで妊娠の確率はグッと下がっているのですが、少なくとも今年一杯は頑張ろうと思っています。自然妊娠でも人工授精でも体外受精でも、生まれてくる命は全部が奇跡なんだなと、今難しい治療をしているからこそよくわかります。

生まれてきたことも奇跡ですけど、生きていることも奇跡なんですよね。小説の中で「みんなそれぞれのストーリーがあって、面白くない人なんかいない」と書いてあったのは、そういう意味だと思うんです。みんなそれぞれに何かいろんなものを抱えていて、苦しかったり楽しかったり、同じ気持ちの人なんて誰一人いない。いろんな人のいろんな人生が混じり合って、いろんな縁が繋がっていくことでこの物語の中で何が生まれるかというと、夢や希望なんです。私が知る限りおさむさんはものすごい現実主義者なんですが、私よりもよっぽどロマンチストだと思う。小説の中には悲しいこともちろん出てきますし、奇跡は二個も起こらないんだけれども、そこには夢があるし希望がある。この絶妙なバランスが、鈴木おさむ的な小説なのかもしれないです。

この物語は最後で、もう一度勝吾の人生に話がぐるっと戻ってきて、勝吾の精子に問題があったということが明かされて終わります。続きが気になりますよね。今ちょうど、夫婦で二度目の不妊治療をしているところなので、その経験がもしかしたら新しい刺激になっているかもしれない。鈴木おさむの小説の一ファンとして、続編を期待してしまいます。

（構成：吉田大助）

この作品は二〇二一年九月小社より刊行されたものです。

幻冬舎文庫

●最新刊
アフロえみ子の四季の食卓
稲垣えみ子

冷蔵庫なし、カセットコンロ1台で作る「一汁一菜」ご飯。旬の食材と驚きの調理法から生まれたアイデア料理を一挙公開。毎日の食事が楽しみでしょうがなくなる、究極のぜいたくがここに!

●最新刊
人情ヨーロッパ
人生、ゆるして、ゆるされて〈中欧&東欧編〉
たかのてるこ

スウェーデンでザリガニ宴会、クロアチアで運命の恋。ボスニアでは、てるこ旅史上最も反響の大きい涙と笑いの感動体験! 人生全てをゆるして生まれ変わる、痛快爆笑デトックス旅〈後編〉。

●最新刊
玉瀬家の出戻り姉妹
まさきとしか

バツイチ引きこもり中の41歳、澪子。ある日、売れっ子イラストレータの姉が金の無心にやってきて、流れで一緒に実家に出戻ることに。帰ればそこに家族がいて居場所がある。実家大好き小説誕生。

●最新刊
ボクもたまにはがんになる
三谷幸喜
頴川 晋

働き盛りに前立腺がんが発覚した脚本家が、信頼できる主治医と出会い、不安を感じずに手術を受けることができた。その2人による、がんのイメージが変わる、マジメで笑える対談集。

●最新刊
生活を創る(コロナ期)
どくだみちゃんとふしばな9
吉本ばなな

コロナ期に見えてきた、心と魂に従って動くことの大切さ。「よけいなことさえしなければ、神様のようなものがちゃんと融通してくれる」。力まず生きる秘訣が詰まった哲学エッセイ。

僕の種がない

鈴木おさむ

令和5年9月10日　初版発行

発行人——石原正康
編集人——高部真人
発行所——株式会社幻冬舎
〒151-0051東京都渋谷区千駄ヶ谷4-9-7
電話　03(5411)6222(営業)
　　　03(5411)6211(編集)
公式HP　https://www.gentosha.co.jp/
印刷・製本—中央精版印刷株式会社
装丁者——高橋雅之

検印廃止
万一、落丁乱丁のある場合は送料小社負担で
お取替致します。小社宛にお送り下さい。
本書の一部あるいは全部を無断で複写複製することは、
法律で認められた場合を除き、著作権の侵害となります。
定価はカバーに表示してあります。
Printed in Japan © Osamu Suzuki 2023

幻冬舎文庫

ISBN978-4-344-43316-8　C0193　す-23-1

この本に関するご意見・ご感想は、下記アンケートフォームからお寄せください。
https://www.gentosha.co.jp/e/